爱上那首歌

AI SHANG
NA SHOU
GE

杨敏————————————著

学林出版社　上海人民出版社

图书在版编目(CIP)数据

爱上那首歌/杨敏著. —上海:学林出版社,
2019.2
ISBN 978 - 7 - 5486 - 1486 - 9

Ⅰ.①爱… Ⅱ.①杨… Ⅲ.①散文集-中国-当代
Ⅳ.①I267

中国版本图书馆 CIP 数据核字(2018)第 302218 号

责任编辑 王婷玉
装帧设计 海未来

爱上那首歌

杨 敏 著

出 版 **学林出版社**
      (200235 上海市钦州南路 81 号)
发 行 上海人民出版社发行中心
      (200001 上海市福建中路 193 号)
印 刷 上海盛通时代印刷有限公司
开 本 890×1240 1/32
印 张 10.75
字 数 26 万
版 次 2019 年 2 月第 1 版
印 次 2019 年 2 月第 1 次印刷
ISBN 978 - 7 - 5486 - 1486 - 9/I·208
定 价 58.00 元

题　记

音乐有血一样的炽热，有无以言表的激情；我们聚坐在一起，领悟着自己的心声。

——阿·西蒙斯

序 ＿＿

这本书的内容是杨敏听音乐时，或者听音乐后的所思所想。

杨敏是适合听音乐的。这话你可能听起来觉得怪：难道还有人不适合听音乐？是的，有很多人不适合听音乐。不仅仅是某些处境和心境不适合听音乐，不仅仅是乱糟糟的时候走不进音乐。音乐是纯粹的，不能纯粹一会，没有能力让自己瞬间纯粹的人不适合听音乐。音乐是抽象的，看不到抽象之象的人，只能听节奏。音乐是高邈的，够不着高邈之境的人，只能当耳旁风。音乐是缥缈的，精神不能缥缈，缥缈到迷茫、惆怅，不能恍惚彷徨于无何有之乡的人，听不懂音乐。

杨敏是大学的文学院院长，工作极其烦琐。但院里的老老少少，都服帖，都钦敬。她并无什么方法手段，只有两个字：真诚。真诚地为别人着想，帮别人解难，给别人方便。她内心，对别人，是理解的。甚至，是慈悲的。对世事，她是透彻的，甚至是有些感伤的。对于音乐而言，有了透彻，才能抵达。有些感伤，才能融入。

其实，她提到的歌，并不都那么好，都那么有意境，只是对世界满怀善意的杨敏容易被感动，往往一句歌词、一段旋律，就会让她感慨万端。而她借此而来的感慨，是真正的好。为什么好？她其实比很多歌手或词作者更有生活感受和生命体验，更有人世沧桑之后的彻悟与慈悲。

写进这本书中的，是她沧海的水，巫山的云。所以，我读《爱上那首歌》，觉得，不是音乐感动了杨敏，而是杨敏照亮了音乐。跟着杨敏听歌，听出的是自家的心声。

2018 年 6 月于上海

CONTENTS

CONTENTS

穿过
幽暗的
岁月

01

2012 年 12 月 24 日
拍摄于张掖

有时候迷上一个歌手的歌，是从某个瞬间被他的某首歌击中开始的，就像爱上一个人，有可能是某个偶然间被他明沙净水、暮云春树般的笑击中一样。

大约十五年前，金秋十月的一个中午，因参加一个会议，正走在北大校园的某条小路上，突然从校园的广播里听到了许巍的这首《蓝莲花》——

没有什么能够阻挡
你对自由的向往
天马行空的生涯
你的心了无牵挂
穿过幽暗的岁月
也曾感到彷徨
当你低头的瞬间
才发觉脚下的路
心中那自由的世界
如此的清澈高远
盛开着永不凋零
蓝莲花

只一瞬间，就被这穿越厚厚年代的深沉吟唱迷住了，仿佛自己正置身于辽远的旅途，是一个漂泊了很久的游子，脚下是不知归期的漫漫长路。

细细品味着，那带着浓郁男性气质的磁性声音，那份走过青春之后磨灭不了的忧伤、寂寞、孤独，那份明月朗照心灵之后的执着、丰盈、快乐，一种相遇的气息升腾在空中。

就那么站在那个通向会场的小路边，倾听着，久久没有移动。就像往常遇到非常心仪的曲子或者歌一样，身心一起停下来，让寂寞飞一会儿。让那空灵的寂寞，飞一会儿。

痴痴地。寂然无声。

— 2 —

那之后不知不觉已十五年。十五年来，手机已换了几个，笔记本和台式电脑也换了几台，但《蓝莲花》却一直在。对它那份无以言传的喜爱和沉迷，历久弥新，愈远愈坚。

据说"蓝莲花"之称谓源于一个古老传说——天山深处有一种蓝色的莲花，开在寒冷的雪山上，是人类孤傲不羁、冰清玉洁、自由脱俗的象征，具有能够使人死而复生的神奇魔力。

一步步从逆境中崛起的许巍，从默默无闻到声名远播的一路上，尝尽了生存于世的酸甜苦辣，也曾从昆德拉、凯鲁亚克、马尔克斯的文字里领悟到一些人生的真谛。一个歌手能够静静浸染过《在别处》《在路上》《百年孤独》的气息，一定有他独特的格调和意蕴。也许正是因此，这首《蓝莲花》才能体现出许巍所感受到的，与众不同的生命状态和生存情怀——

走在通向心灵歌手的路上，对人生在旅的状态审视着、回望着、思考着，也澄明透彻地感悟着：走在向着自由和辉煌的曲径上，以天马行空的奋进姿态。尽管有幽暗的岁月、无着的彷徨，但心中那个自由的世界一直清澈高远，分明就是一朵永不凋零的蓝莲花。

《周易·乾卦》："潜龙在渊。"

活着，必须有一份坚持，即便是飞逝的时间、挤压的空间以及无形的磨折也摧毁不了。就像许巍曾经吟唱的那样："世界是一枝飞在空中的花朵，生命是一场通往幸福的航行，对你我来讲，只是一天路程而已，宛如日出东海，注定落西山，道路艰险。"只要那份坚持在，纵使是老了容颜，花甲耄耋，心的时空始终有直击与逆袭必定成功的穿透力与信念在，有"永不凋零"的英气在。

所以，每一次的倾听，都会随着那喷涌而出的熟悉的旋律，卷地而起的抵心的词句，迅速找到自己多年来生活的印记，一次次奔波在旅的影子。那种一直在路上坚韧不拔的存在状态，如香雾云鬟一般熨帖我心，让我感觉自己就是一棵雾中的小树，从枝叶到树干都被那来自苍穹的无边温润收编了，甘心情愿地被收编了。

— 3 —

国内早期的诸多摇滚歌手，如崔健、张楚、许巍、何勇、黑豹、唐朝、超载、冷血动物等，都有深得我心之处。但最爱的两位，当数崔健和许巍。

就意蕴和喻象的表达而言，他们二人的嗓音、气韵、声线等酿就的磁场所投射的精神，相差迥异。崔健的歌唱，《新长征路上的摇滚》《假行僧》《一无所有》诸首，是一群人的血脉贲张、激情翻涌，是一个群体振聋发聩的对峙、抗争和呼喊；许巍的歌唱，《曾经的你》《蓝莲花》以及《礼物》等，则是一个人的独行、孤寂和忧伤，一个人的坚韧、停留和冥想。

听崔健，会被那种铺天盖地的激荡遮盖，瞬间消失了自己；听许巍，则会在自我的流逝神思中飘飞起来，越发凸显个体自我在天地之间的内心轰鸣，寂静之下的渴望与奔流。二者相较，许巍更能直抵我心，在旋律和低语中与我灵魂结盟。

人的迷茫有两种来源：一是群体目标寻找的漫漫长路，或者向着目标前行的举步维艰；一是个体寻找方向的漫无目标，或者目标确立之后行走的孤独艰难。而后者，更贴近每一个渴望独立、渴望自由的心灵。

"我们常常痛感生活的艰辛与沉重，无数次目睹了生命在各种重压下的扭曲与变形，平凡一时间成了人们最真切的渴望。但是，我们却在不经意间遗漏了另外一种恐惧，即没有期待、无须付出。""没有一点儿疯狂，生活就不值得过。听凭内心的呼声的引导吧，为什么要把我们的每一个行动像一块饼似的在理智的煎锅上翻来覆去地煎着呢？"米兰·昆德拉如是说。

这有来无回的生命旅程，我们都只有一次。时间、天空和大地的流转，不会因我们的流泪或欢笑而作片刻的停留。那就听凭内心的召唤坚定上路，向着那朵开在天涯彼岸的蓝莲花。

纵使是西风紧、北雁南飞，纵使是伯劳东去燕西飞，纵使是常常霜花铺地、鞍马秋风里。

真的英雄，其实不问出处，只要义无反顾地行走在路。

那么，在登上那条清晓待发的船之前，让寂寞飞一会儿。

飞一会儿，让美丽如烟的寂寞！

风吹
过——来

02

2015 年 3 月 29 日
拍摄于小区

年轻时总觉得人生悠长，如同月夜里看完电影走在通向自己家的小巷子，头上有星光几许，地上有狗叫几声，耳边有风，墙头上有草。可以吹三两声口哨，对着那不知谁家房檐上盯着你发呆的流浪猫。

星光下，可以一跃而过脚下突现的一汪雨水，轻呼一下继续呼啸而去。

后来才发现，人生更多的时候是崎岖不平。没有一颗星、没有一丝风、没有一片云的暗夜时常有。黑巷子那么长那么暗，走也走不到头。

再后来，突然发觉时间的梭子加快了，在日子的经纬间飞快来回。还没容我们看清自己织出的布是什么成色，线就没有了。

再后来，有一天我们忽然老得走不动了，说不出话了，甚至手指也伸不直了。在再也无法自如平摊开来的手掌里，皱纹也模糊了。此时也许才看出了什么叫无奈，什么叫苍凉。

人类的爱情不老，但爱着的人会老，每一份单独的爱也会老。

这世间，只要与个体的人相关的，哪里会有真的不老？

而老的近旁，是死亡。

我们来这个人间了，我们别这个人间了，通常情形下都不是我们能够控制的。不管我们乘坐的什么车，旅程该结束的时候自然会结束，由不得我们，一旦时候到了，不想下车都不行。

我们悲伤，我们欢唱；我们钟情，我们重情；我们渴望功名，我们追求享受；我们害怕失败，我们害怕未完成；我们心疼白发爹娘，我们心酸他们风烛残年。

　　这万般的忧惧和担心，以及由此引出的万种对人生的热爱和执着，都是因为我们都会死，我们也都怕死。

　　时间的流逝让人伤感，因为时间易逝附带的，不仅是理想尚未实现，抱负还在途中，还有死亡的逼迫和震慑。

　　我们可以假装不在意，心底却不能不畏惧。

— 3 —

　　无可遁逃的死亡，是一片白茫茫覆盖着的荒原大地，而走到最后的爱恋和相随，就是生机皆无的雪地里，几颗裸露的红豆，那么耀眼那么温暖。

　　每一颗雪地的红豆都是蝴蝶的泣血，而每一只蝴蝶都是罗密欧的化身，在树丛间、草丛间低飞寻觅，它们的落脚处，就是朱丽叶的前生今世。

　　在无可改变的绝望里看到最暖心的温柔，只有心存挚爱的人才能做到。

　　漫长旅途中，我们也许会遇到一些爱，一瞬，一时，几天，几年。但无法厮守一生的温暖，就像是每次登机前乘坐的摆渡车，不管车内温度有多适宜，座椅对面的女孩有多明媚，我们都要匆匆下车去赶自己的班机。

　　"'死生契阔，与子相悦，执子之手，与子偕老'，是一首最悲哀的诗……生与死与离别，都是大事，不由我们支配。比起外界的力量，我们人是多么小，多么小！可是我们偏要说：'我永远和你在一起，我们一生一世都别离开。'好像我们自己做得了主似的。"洞穿人生与人生破窗的张爱玲，如是说。

人性的求新求异，易变多变，注定了执子之手与子偕老的爱有多难。

世上最无奈的事情之一，就是执子之手者，多多；与子偕老者，了了。

那么人生的最大幸事，也许就是我们在孤独悲切、伤心欲绝时，有双手可以抹去我们的泪水；在我们欢乐至极、几近狂狷时，有个可以让我们任性的陪伴；在我们面容苍老时，还有人爱我们苍老面庞下的灵魂。

— 4 —

豹子，苍鹰，以及不知名的独行野兽，受伤没关系，丛林中谁都会受伤。受伤后躲在山洞里自个儿慢慢疗伤，时不时舔舔伤口，消炎去毒，都正常。

但偶尔有谁来嘘寒问暖，送一口吃的一点喝的，甚至握着我们的手，一直陪下去，陪到步履蹒跚，在炉火边打盹，就幸福得当放声高歌了。

更何况，爱一个人能够决然到如这般——心甘情愿地把一切都交出去，苦乐置之度外，生死置之度外，一笔签下陪伴一个人到须发尽白的人生契约，其气度和勇敢，不亚于视死如归地一步步走向坟场。

在淳朴却拨动心弦的吉他里，倾听赵照的淡淡吟咏，仿佛看见那些虔诚的灵魂在次第花开，开在荒漠野地里。

飘忽不定的风尘中，那些爱着我们苍老容颜的人会是谁？那些虔诚的灵魂在哪里？从哪里会有风吹来，风吹过来我们最温暖的亲友的消息？

只听见赵照在那里静静唱《当你老了》：

当你老了　头发白了　睡意昏沉
当你老了　走不动了
炉火旁打盹　回忆青春
多少人曾爱你　青春欢畅的时辰
爱慕你的美丽　假意或真心
只有一个人还爱你虔诚的灵魂
爱你苍老的脸上的皱纹
当你老了　眼眉低垂　灯火昏黄不定
风吹过来　你的消息　这就是我心里的歌
当我老了　我真希望　这首歌是唱给你的

时间
会改变万物
大千

03

一个人独在的时候，一到晚上就变成了感性动物，去掉了盔甲，露出了软肋。

这时最适合打开音乐，在心仪的歌曲中一任情绪决堤，由着过往的磕绊和疼痛奔涌而来，波涛汹涌，浊浪排空，击打心中的那道拦河大坝，卷起千堆雪。而河堤上，总是伫立着抹也抹不去的某些人。

比起文字、绘画、舞蹈、雕塑、戏剧等艺术，音乐更能迅捷而了无障碍地契合人心，那种彼此之间无法言传的知晓、领会和寂寞，让人于独在的深夜或黄昏找到归依。那种无声的倾诉和明白，如冬日暖阳，一点点融化白天包裹着的无助、孤单、担忧、害怕、忧郁、惊恐等诸多虚弱。

先是涣然如冰释，随后肆意泛滥，成大江大河，荡涤你清洗你浸泡你，让你干枯的树枝和容颜慢慢在水中滋润、饱满，再次活泛起来，然后抽丝剥茧，让毛虫来一次涅槃蝶化，长出第二天出征再战的新翅。

有的音乐是人心中的浮木，一块巨大的浮木，由数块原木及古藤连缀起来，搁置在河岸上。

一段紧张忙碌或者疲惫奔波过后，会选择一个晚上，坐到浮木中央，解下系它在岸边大木桩上的藤条，任它兀自漂流。

天上有月，水上有风，水面有莲花，岸边有树影。浮木上的人，偶尔会泪流满面，但身心流淌着安然和幸福，头枕一捆青草，整个人泡在那触碰到灵魂深处的旋律和声音里——如同久远的一份缠绵往复，回环呼应，或者曾经的一日不见如隔三秋，相隔天涯却近在咫尺，岁月风化去了其中的满把心酸满目荒唐，只剩下满纸烟云余霞成绮，一如兰亭的流觞曲水，映带左右。

人类真正的悲伤从来都不是仅仅因由自己，而是关乎整个同类，整个人间。它与温馨也总是合一。那种情状，看起来没有一丝悲伤，只有彻悟和了然。

或许，这浮木就是诺亚方舟的变体。

— 3 —

两情相悦之美，不在相悦，而在相悦之后的何去何从。

初爱，如初雪之飘然，落在大地上，人家的屋檐上，田野的青青荞麦上，万般皆美。腻歪之后则如残雪，地上和树丛都露出块块枯草残叶一般的不堪来，让人不忍细睹。更有独鹤声哀与断鸿折翅的，伤筋动骨，宁愿从未相遇过。

总以为很爱某个人时，都会坚信一生一世爱下去，等下去，一辈子不变，地老天荒，海枯石烂。这辈子，就是这个人了，除这个人，不会再爱别人了。

一旦遭遇变故分开，天塌地陷了，那一刻似乎活不下去了。

可是一月之后呢，一年之后呢，十年之后呢。也许会笑自己：离开谁会活不下去？怎会那么傻？

其实，我们放不下的也许不是那个人，而是自己的一种心情、一种状态，或者说一种不甘心——自己还在爱着的时候那个人却离开了！

也许我们只是爱上了自己的不甘心，伤心伤的是在别人转身之后，自己竟然还未转身。

当人在爱的时候，是真的爱；可当不爱的时候，也是真的不爱了。只要是真爱了，那爱就像重感冒时的咳嗽，会挡不住地冒出来。不爱的时候也一样，薄情和漠然也会挡不住地冒出来。再会假装爱，只要用心，另一个人就能感觉到。

只是有时候，为了某种不舍，另一个人会假装不知道，直到那不舍在对方的淡漠里一点点剥离，碎片成烟，不了了之。

也因此，《奔放的旋律》(*Unchained Melody*) 就越发显得稀有了。

作为让无数铁汉也为之动容的《人鬼情未了》之主题曲，它出自法国作曲家莫里斯·贾尔之手，由"正义兄弟"演唱。那一声声呼唤，超越人鬼界限，再现生死不渝——

Unchained Melody（奔放的旋律）

Oh，my love，my darling	哦，我的爱，我的亲爱
I've hungered for your touch	我渴望你已太久太久
Alone，lonely time	我是如此孤单
And time goes by so slowly	光阴荏苒
Yet time can do so much	时间会改变万物大千
Are you still mine	你是否依然对我不变
I need your love	我需要你的爱
I need your love	我需要你的爱
God，speed your love to me	神啊，快把你的爱带到我心间

Lonely rivers flow to the sea to the sea	让孤独之河奔流入海，奔流入海
To the open arms of the sea	无尽海洋敞开胸怀
Lonely river sigh	孤独之河在轻叹
Wait for me，wait for me	等着我，等着我
I'll be coming home	我一定回来
Wait for me	请等待
Oh，my love，my darling	哦，我的爱，我的亲爱
I've hungered for your touch	我渴望你已太久太久
Alone，lonely time	我是如此孤单
And time goes by so slowly	光阴荏苒
Yet time can do so much	时间会改变万物大千
Are you still mine	你是否依然对我不变
I need your love	我需要你的爱
I need your love	我需要你的爱
God，speed your love to me	神啊，快把你的爱带到我心间

　　什么是爱？什么是生死之爱？跨越生死爱上一个人是什么感觉？就是你能真的听懂这首歌，就是你能听得潸然泪落，心痛到觉得自己就是其中的一方；就是纵使你和一个人阴阳相隔，你也什么都不介意，愿意拐过生死场的一道道转角去追随他，如同漂泊的游子回家。

— 4 —

　　闭门即是深山，读书随处净土。

音乐里，如是暗夜，一书一人一夜寂静。如是白昼，一书一人一日暖阳。

读书，边读边欢喜，开怀。抑或放下书，忧悒一会儿。

听音乐也是。

每次听这首歌，都会想到有古旧的浅褐色信封，火漆封印，正在朝我走来的路上，即将送到我手上。

那是一辆四轮马车。车上是穿着规规矩矩制服的邮差。

他走过漫漫风沙，牛羊低头的草原，蹚过几道深深浅浅的水，风尘仆仆，正向我走来。

也会想到大风骤起，吹得人闭目侧身，呼吸困难，连草间花树上的叶，也跟跄得举步维艰。树枝摇摇晃晃，要断不断，岌岌可危。

邮差和他的马车在风里走，一步一趔趄。

前方有间小木屋，屋檐下有个女子，首如飞蓬，抱着廊柱，举着马灯。

— 5 —

也会兀自莞尔自问：人淡淡忧伤的都是些什么？

就是有些事想做还没做，有些事该做也未去做，有些事不愿做却做过了，有些事该做好却没做好。

人生是什么？生活是什么？就是很多时候不知如何是好，如风之不得不吹，水之不得不流，为衣食所需去奔走。

在琐碎中活着是活着，梦是梦，歌是歌。

与这可歌可泣的歌截然不同的，是绝大多数人不可歌不可泣的宿命般的孤独。

这歌，也许是情感世界里的一个诺亚方舟，是人寻找心灵归属之旅中的一个诺亚方舟。

— 6 —

也会偶尔跟着歌声联想许多生生死死相爱相随者的结局——

爱晕了，结婚了。

紧跟着，柴米油盐酱醋茶的碎屑，将浪漫的轻盈一扫把一扫把地扫进泥土里去。

于是人的本性一一冒出来，一点一点占据了彼此的空间，钝锯一般锉去各自原本分明的棱角，非方非圆地平庸着，咬牙切齿地隐忍着，一天天挨着日子，这就是大多人所谓的"白头偕老"了。

赤橙黄绿青蓝紫之七彩生活，该取哪一种？

红，太热烈；橙，有点平俗；黄，感觉扎眼；绿，有朝气但到处都是；蓝，显得浮浅；紫，略显神秘。

还是最爱出于七彩却胜于七彩的黑白。

是因为黑色沉稳庄重，还是因为白色飘逸超然？抑或因为黑白可以如太极图，相互依偎又彼此截然？还是如苏东坡所说——天公水墨自奇绝，瘦竹枯松写残月，心底想要的是一种水墨写意，可用墨、可留白的日子？

— 7 —

窗外正一场狂雨。

惊诧中，隔着落地玻璃痴痴凝望。

除了雨幕，什么也看不见。

一击
即中

04

2014 年 5 月 6 日
拍摄于美国

2006 年 4 月中旬的一个夜晚，在曼哈顿拥挤的街头，我和同行的几个人走散了。

那天风很大，春寒料峭，我们因即将结束全部考察工作回国而彻底放松整整一天，去了帝国大厦、百老汇、华尔街、林肯表演艺术中心、中央公园、联合广场、先锋广场，累得不轻。在一个艺术品小店待得太久，我就掉队了。

华灯初上，孤零零站在高楼林立的大街边，担心万一找不到同伴又打不到出租车回酒店咋办，连打了一串电话后终于和他们接上了头，约定在一个广场的大屏幕下碰头。

就在那个大屏幕下，第一次知道菲尔·科林斯（Phil Collins）这个人，知道《天堂里的又一天》（*Another Day in Paradise*）这首歌。不知为何，当时那大屏幕播放这首歌的 MTV 一遍又一遍：

She calls out to the man on the street,

"Sir, can you help me?

It's cold and I've nowhere to sleep.

Is there somewhere you can tell me?"

He walks on,

doesn't look back,

he pretends he can't hear her.

He starts to whistle as he crosses the street,

seems embarrassed to be there.

Oh, think twice,

It's another for you and me in paradise.

……

屏幕上，灯光四射的舞台，成千上万跟着歌声又舞又唱的动情观众，台上台下是一个动情的海洋。

屏幕下，聚集了很多静静凝视的人，当地的居民和游客，以另一种倾情投入听着那歌，看着那场景，如在现场。

一曲终了，我知道了什么叫"一击即中"。

想起《廊桥遗梦》中那句铭记在心的经典："现在很清楚，我向你走去，你向我走来，已经很久很久了。虽然在我们相会之前谁也不知道对方的存在。"

这个世界上有太多足以让人惊鸿一瞥的东西一直静悄悄在那里，等在我们必经的路旁。而每个人，都会在命运之手的无形推动下一天天向那久等的靠近。

— 2 —

凉凉的夜风里，我背着双肩包盯着大屏幕听歌，已忘记身在何处。

这是怎样的一曲摇滚啊。

重重的打击乐伴奏下，光着头、身材高大的科林斯子弹穿透树林般的嗓音，夹杂着黑人灵魂音乐的深情、呼唤、痛心、伤感、悲悯，激越而透明，讲述一个如梦似幻的故事：

一个流落街头的女子独行在深夜里，她的双脚底已经起泡溃烂，举步维艰；她饥寒交迫，颤抖着身体，蜷缩在街边，行将在又冷又饿的街边死去。忽然，她看见一个男人路过，求生的本能驱使着她对着那男人大声呼救："先生，能帮帮我吗？我又冷又没地方睡觉，你能告诉我有什么地方可以去吗？"

那个男人继续前行没有回头，他假装没有听到，吹着口哨走着他的路。女子看着他一点点远去，伤心欲绝地再次求救："哦，再重新考虑一下吧先生，假如某一天你我刚好在天堂中相遇了呢。哦，再重新考虑一下，万一某一天你我刚好在天堂中相遇呢先生……"可是那个男人还是不管不顾地走远了，消失了。

女子悲痛欲绝，凄然对天呼唤："哦上帝，这里没有人能够再多做些什么吗？哦上帝……"

此时此刻，有画外音在故事场景之外响起，那是科林斯作为一个讲述者跳出故事的呼唤："每个路过的人哪，看着这个流落街头、贫病交加的可怜女子，您一定可以说些什么吧，你能从脸上的皱纹认出她吧，你能看出她在那里，也可能是从某个地方流浪来的，那里没有她的容身之地。过路的人哪，为何不再重新考虑一下给她点帮助？假如某一天你我刚好在天堂中相遇了呢。哦，再重新考虑一下，某一天你我刚好在天堂中相遇了呢。再仔细考虑一下吧，嗯，仔细考虑一下吧，某一天你我刚好在天堂中相遇了呢……"

满脸倔强和悲伤的科林斯站在那里，剃光了的头和深邃的目光都在闪闪发光，如同刚刚失去了最亲爱的人，像在呼唤，又像在陪伴；像在祈求，又像在规劝；像在悲悯，又像在伤心。情不知所起，一往而情深。

灯光与器乐营造下的大大舞台就是一个冲浪板，在被隐去的波涛汹涌的大海之上。在这个舞台上，一遍遍，他那叙事诗一般的故事讲述，已将自己的苍劲强力发挥到极致，如沉醉的酒神在深情高歌。

我站在屏幕下，感觉自己正缓缓变成一个随波逐流的漫游者，随着那铿锵有力的器乐和科林斯的歌唱心潮起伏，任由音乐将心绪带到不知名的地方——深夜的街头，苦难的弱者，求助无着的人，在绝望中悲怆，在悲怆中绝望，在科林斯的呼唤中温暖，也在温暖中受到了类似神灵般的感召——谁没有需要帮助的时候呢，在可能的情况下，帮助那些需要帮助的人，助人如助己，因为有一天，我们总会在天堂相遇，狭路相逢。

　　从那天起，这首歌一直保存在我更换了许多次的手机里、电脑里，想起的时候就点开来，听一听，想一想那个曼哈顿之夜。

— 3 —

　　人的想象、情感、灵性等潜在基因，就如长在小河水草深处的小鱼儿，常常隐而不显。

　　文字和音乐等各类艺术的意义，就是在死亡、爱情、宁静等的表达中，显示出自由、灵魂等存在。

　　文字和音乐等艺术能以其特有的感性吸引力，最大限度地安慰人心。它们带来的激情、爱、怜悯、祈祷、呼唤给人带来的出神状态，令时光驻足，让人握住了一些瞬间的永恒。

　　温暖，就是在痛苦中表现怜惜、呵护、关怀。灵性呢，就是能够如科林斯的《天堂里的另一天》，感知到人的生存状态，看到深夜街头一个贫病交加的流浪女子呼救无着，无人可助，忍不住站出来为之大声疾呼："伸出你的手助她一下吧，我们都会在天堂相遇的。"从而在痛苦的废墟上种上几根常青藤，让它们沿着废墟蜿蜒而上，在山梁上摇曳，呈现一种神性的灵光。

而所谓爱，是精神的激发，是活着的目的，是一切情的终极因。离开了回忆往昔，思念亲友，渴念某个人、某个地方、某一天，爱又在哪里？

可外在世界的美好只是一种中介化的东西，就像科林斯的《天堂里的另一天》，因为它的存在和出现，一颗心能领受和体味一种寂静，体悟和感动一种悲悯，一种善意深情，一种令人心碎的美，就在某个瞬间达到了永在。

— 4 —

不管家里有怎样好的音响设备，听流行乐最好的场景还是在音乐厅。

置身人气与乐器混沌交织在一起的音乐厅，一方面你会感到一个孤独的生命，融入了由一群甚至许多热烈激昂的生命汇集成的大河，你的孤独被融化了，你的心被温暖了，你的身体被激活了，被热烈的歌舞之流簇拥着带向了陌生而熟悉的异境，千差万别的个体在音乐、歌声、人气的共在之场找到了共同的感觉和表达方式。

而另一方面，你又感到自己进入了一个彼此完全无关的世界——即便你是携着朋友或被朋友携着一起来的，此时此景下，你会奇怪地发现，在淹没浸漫一切的音乐声中，你和你的朋友已经不知何时被一种无形的东西分离开了，甚至你们原本各在天涯、漠不相关。他在他着，你在你着，每个人依稀可感的是自己、他人、大家，生命深处还有被各种有形无形的规范和牢笼驯服的东西，还没有被同化的东西。

此时汇集众人激情与气息的音乐厅，音乐和歌声就像一个巨大的掺着赤橙黄绿青蓝紫的杂色染缸，把每一个原本白色或淡灰色的人重新染色了。

那种热烈的冷漠，狂欢的孤独，超拔的轻逸，出离的迷茫，回顾的安详，呼唤的苍凉，陪伴的温馨，祈求的恳切，悲悯的情深，会次第地在你心头燃起，杂糅着亢奋、孤独、自信、忧郁、迷茫、悲伤、痛苦、感动，它们裹挟着你的躁动不安，极大限度地呈现、浮雕或重温激情的感觉。

年少的凸显了年少，年长的回归了当初，就那样进入一种摆脱禁忌和理性的自我沉醉。

流行乐的精神深处，是自己与在场的众人一起参与的集体狂欢，具有超个人和超身体的仪式意义。此时，你不只是一个旁观者，受音乐尤其是打击乐和歌手演唱驱魔术的支配，受整个摇滚场景的驱使，你会在一种半催眠、半迷狂的状态下，不由自主地高高低低呼喊、吹口哨、跺脚、拍手、欢笑、手舞足蹈，表达着自己的激情和冲动，参与着表演，成为场景的组成部分。

这时的你不再是孤独的个体，而是这个狂欢仪式中的一员。你和四周的人用一种无以言传的语言，隔座送钩，分曹射覆，互相激励，互相祝福，将激情倾泻出来，仿佛某个特殊部落在举行狂欢仪式，以激情为图腾崇拜。而歌手仿佛能够控制人灵魂的主祭司，带着众人一同回到遥远的往昔。

流行音乐与音乐厅的主题隐秘地建立在一系列复杂的隐喻基础上，共同的指向是激情，是关于生命与青春的多义表达，其核心点则几乎无一例外地集中于两个基本意义的交叉叠合：深情与叛逆，就像在青春生命中一样。它总是能通过深情的表达进入叛逆层面，或者从叛逆的表达进入深情的层面。

而包括爱欲在内的各类深情，是全人类占据正统地位的文化回避的对象，所以深情的表达本身就是对正统的反抗，进而递进隐喻对其他社会统治地位人群与权力的反抗，打开了一条通向叛逆和颠覆占据统治地位人群的通道。这一点，正是流行乐对于人类群体的原始感召力和支配力之所在。

— 5 —

时不我与。从第一次听这首歌到现在已经过去十二年了。

逝者如斯夫，不舍昼夜。

可是，所有的过往哪里是过往？它们都已成为我们生命的一部分。

过去时光里不经意间相遇的人和事，喜欢的人和事，甚至爱上的人和事，走到现在，直至最后，何曾忘记呢？

有些时候似乎它们已经在我们的生活之外了，了无踪影，但在某个瞬间，因着某个触点，它们一下子跃出来，涌出来，汹涌澎湃，汇成大江大河，惊涛拍岸，卷起千堆雪。

而我们，穿越时空正站在那岸边。

人的日子百分之十是幸福的，百分之十是痛苦的，百分之八十是混沌不清、平淡无奇的。可是，一些如同白纸黑字一般可以确切断定的感动和深情，总是分明地出现着，不论你活几生几世，都不会忘记。

人来到这个世界上看起来是来过日子的，出生、成长、生儿育女，直至老死。但更深处呢，是为了爱、被爱以及如影随形的感动。

引着我们从出生那天起就一直向大地跌落的向心力，不就是人与人之间的情感么？

为了一些人、一些事、一些感动，走过山，走过水，挣脱出泥泞，跨过沟坎，向最终处跌落，心甘情愿，无怨无悔。就像 2006 年 4 月中旬的那一天，我登上帝国大厦俯瞰纽约城时感受眼底的残破和支离破碎，漫步百老汇看一家又一家闻名遐迩的华丽剧院，然后走过华尔街、林肯表演艺术中心、中央公园、联合广场、先锋广场，在累得一步都不想走的时候掉了队，最终都是为了在那个大屏幕下与科林斯《天堂里的又一天》相遇。一如一个孤独的远行人，在夜幕降临之际，看到了家中的灯光，疲惫孤寂一下子溶解了。

"你终于闪耀了么，我旅途的终点！"木心在他的《素履之往》中曾引用梵乐希的诗句这样概括自己的一生。

人之一生，不只是为了终点才来的，而是为了抵达终点之前的那些闪耀才来的。

月溅
星河，
长路漫漫

05

2013 年 8 月 6 日
拍摄于敦煌鸣沙山

　　有一种心悸，是初雪夜，树丛间传来风哨的锐音，迅捷，犀利，有旋转的空灵和卷云的柔韧。

　　第一次看何佳乐、戴荃的《舍离断》的演唱视频，就是这感觉。

　　戴荃嗓音的空灵穿越，与何佳乐嗓音的低沉厚重，竟然可以这样彼此交融且相得益彰。

　　两个有迥异唱腔特色的歌手，加在一起的相映成趣，亦可以如白色宣纸上随手几笔重墨兰草，就那么凭空隽永了，气韵生动了。

　　灯光下，他们的装扮，唱腔，风格，歌词，配曲，表演，一古典，一现代；一桀骜，一敦厚；一仙气，一烟火；一超逸，一理性；一崛起，一豪迈。二人的唱念交融，京韵与俗韵合一，点染出了中国风的清澈空灵和拔地而起：

　　长夜晚　光阴慢
　　都说恩怨两难断
　　心难安　扰纷乱
　　有几人能不纠缠
　　不坐仙山不坐禅
　　笑我打水用竹篮
　　无奈本性自由惯
　　只等花遍满山
　　待眉头舒展
　　经过痴嗔贪
　　换得舍离断

舍去什么得自然

出离什么可心安

什么又可以斩断

自观　自观

只等花遍满山

待眉头舒展

经过痴嗔贪

换得舍离断

舍去什么得自然

出离什么可心安

什么又可以斩断

自观　自观　自观　自观

不坐仙山　不坐禅

最佳境界的黑色白色，不是黑也不是白，而是一种蓦然而起的惊鸿，一如无为是一种最好的为，而不是一种无。

— 2 —

有一种男人和女人最让人激赏——该入世时，全身心投入；该出世时，全身心抽离。就像跃过龙门的鱼，入水能游，出水能跳；又像传说中的潜龙，可以静伏在渊，也可以飞翔在天。

于各类艺术，亦如此。

既有脚踏实地的充实，又有超越红尘的空灵，一直都是超拔脱俗文字和艺术的二元，就像达·芬奇的蒙娜丽莎，齐白石的虾，苏轼的

"拂石坐来衣带冷，踏花归去马蹄香"。

人也是。有灵性的人，总会不停地奔波于贪嗔痴和舍离断之间，奔走于滚滚红尘与霭霭清虚之间，带着几分腾空的留白与虚空。

当人在红尘中痴嗔贪时，是享受的，也是痛苦的。红尘的温馨繁华、酒色财气、逞强使性、意满志得等诸种快意，都是有代价的，那就是众生的喧嚣淹没了自我的宁静，膨胀的欲望风蚀着肉体和精神。人在不无骄傲与自得地享受着成功博取的欢愉时，也不可避免地被虚无的繁华和漂泊的寂寞所吞没。

于是，一些有慧根的人，回吾车兮转吾马，开始转向舍离断。

但当人回归舍离断时，心灵的虚空感，情感的归属感，很快又被疏离与厌弃感所稀释。舍弃之后的寡淡，丢下之后的空落，甚至生活细节的不便，都成为人们难以忍受与安顿舍离断的缘由。

所以不管是痴嗔贪还是舍离断，人都永远在体验着爱与恨的交织、亲近与疏离的并存、渴望与抗拒的同在等难以厘清的复杂情感和生存纠结。

— 3 —

人，为何会痴嗔贪？为何要苦苦奋斗去博取江山大业功名利禄金钱物质，为何要赢取英雄美女的笑颜与欢心？

莫言有段话可谓一竿子点到底："人类社会闹闹哄哄，乱七八糟，灯红酒绿，声色犬马，看上去无比的复杂，但认真一想，也不过是贫困者追求富贵，富贵者追求享乐和刺激——基本上就是这么一点事儿。中国古代有个大贤人司马迁说过：'天下熙熙，皆为利来；天下攘攘，皆为利往。'中国的圣人孔夫子说过：'富与贵，人之所欲也；

贫与贱，人之所恶也。'中国的老百姓说："穷在大街无人问，富在深山有远亲。'无论是圣人还是百姓，无论是知识分子还是文盲，都对贫困和富贵的关系有清醒的认识。为什么人们厌恶贫困？因为贫困者不能尽情地满足自己的欲望。无论是食欲还是性欲，无论是虚荣心还是爱美之心，无论是去医院看病不排队，还是坐飞机头等舱，都必须用金钱来满足，用金钱来实现。当然，如果出生在皇室，或者担任了高官，要满足上述欲望，大概也不需要金钱。富是因为有钱，贵是因为出身、门第和权力。当然，有了钱，也就不愁贵，而有了权力似乎也不愁没钱。"

人活着就有吃喝拉撒睡的生存需求，功名利禄金钱物质是人的一种生存保障和安全保障。在此之上才能建构一定程度的自由、自在、自得。

在世俗层面，说"富贵利禄于我如浮云"，一般是必须先拥有了富贵利禄，然后才能真的把它踩脚下。如果没有真正贫穷过，又怎知贫穷的困窘与苦楚？如果没有真正富贵过，又怎知富贵的自由与舒服？

贫穷本身没有价值，有价值的是贫者为摆脱贫穷所做的努力。富贵本身也没有价值，有价值的是富贵者为保持富贵所做的坚持。

所谓自由，并不是你有说走就走的权利，而是你对任何人、对生活说"不"的能力。而独立，就是既具备充分的选择权利，又具备游刃有余的选择能力。

如果没有经过痴嗔贪，又上哪里换得舍离断？

— 4 —

人在痴嗔贪与舍离断之间的纠结与缠绕，其实也是人类生存境遇的一种隐喻，关于生存的，精神的。它隐喻了自古以来人的生存选择与生存状态。此岸与彼岸，现实与超逸，肉体和灵魂，一如游子在路上与回故乡。

也许所有人都面临着一个共同的宿命：奔波久了，就会渴望安顿；智慧聪明久了，就会渴望简单；盛宴久了，就会渴望素餐。

不管走多远，都摆脱不了回归的牵绊；无论多成功，都最终要归于简朴和安宁。这就像一个人生寓言：奔波在旅的风景再美，也只是一个过程，人心灵找到归属才是终极目的。

而每个人在痴嗔贪与舍离断之间选择、彷徨、踟蹰的过程，绝不是简单的物理性迁移，而是交融着强烈的情感诉求。外部世界、肉体欢愉的诱惑，与内在精神、心灵皈依的需求，始终悄然却强烈地纷扰着人心。在整个痴嗔贪与舍离断之间选择与徘徊的过程中，人充满了向往与抗拒、兴奋与迷茫、追求与困惑的矛盾，甚至常常感到失落、惆怅以及悔恨。

人，就是这样在沦陷与重建之间苦苦求索，披枷而行，在许多孤独的深夜走过凄冷寂寥的长街。青春年少时的痴嗔贪，不知不觉地沦陷在世俗欲望里。而有缘人在功成名就之后的舍离断，是在开始一番重建。

此种重建，是人自觉反省和救赎渴望的体现，是人的自我拯救行动，还是另一种新的迷失？

— 5 —

何佳乐说这首歌和戴荃的《悟空》一样，也是为《西游记》中的悟空而写。

四大古典小说人物中，最爱悟空。他的不畏艰险，锄强扶弱，抱打不平；他的疾恶如仇，聪明睿智，桀骜不驯；他的腾挪灵动，渴望自由，蔑视神权……

　　"叫一声佛祖，回头无岸。跪一人为师，生死无关……舍悟离迷，六尘不改，且怒且悲且狂哉！"

　　为这样一只神性猴子写歌，该写些什么？写苦难，写不屈？还是写月溅星河，长路漫漫？还是写风烟残尽，独影阑珊？还是写他的身手不凡？

　　无论走到何处，悟空一生念念不忘的，是他的花果山水帘洞。

　　人对一个地方的流连忘返，频频回首，是因为那片土地吗？可是，美丽的山河哪里都有。

　　是因为对无形永在的血缘的不舍吗？如果那有血缘的人在深深伤害，甚至必欲置之于死地而后快呢？

　　是因为对"我祖我先我民族"的敬畏与怀念吗？如果民族和祖先镌刻了如牢笼般不可违抗的种种约束与限制呢？

　　人对一个地方的向往和念念不忘，是因为那里有让他舒展身心、笑谈自如，回归童年一样的自由自在，任由他自得自安、任性逍遥的同类在。

　　一如天外还有天，地平线之外还是地平线，人对自由自得自在的爱，没有尽头。

　　也许，孙悟空不想成仙，也不想成佛，只想做只自由自在的猴子，在自己的花果山水帘洞，吃着桃子，翻着跟头，被一群猴子围着也围着一群猴子。

　　"不坐仙山不坐禅，笑我打水用竹篮，无奈本性自由惯，只等花遍满山，待眉头舒展。"

艺术传达的人间温情，一直是世间哀伤、丑恶、不义的一种补偿。诸如叶芝的《当你老了》，里尔克的《秋日》，海子的《面朝大海　春暖花开》，无不充满了人间暖。

就是有那么一些书写者、歌唱者，时而对天祈求，时而对地追问，时而对神念叨：人之为人，是痴嗔贪还是舍离断？是舍离断还是痴嗔贪？还是既要痴嗔贪，又要舍离断？

在论及结婚时，哲学家克尔凯郭尔说："结婚，你会后悔；不结婚，你也会后悔；结不结婚，你都会后悔。"

那么，痴嗔贪与舍离断呢？是不是痴嗔贪了，人会后悔？舍离断了，人也会后悔？不管是痴嗔贪，还是舍离断，人都会后悔？

梭罗曾在瓦尔登湖边这样写道："芸芸众生的生活是既安静又绝望。所谓听天由命，是一种得到证实的绝望。"

舍去什么得自然？

出离什么可心安？

什么又可以斩断？

人生一世，又有什么可以真的舍离断？有什么可以真的斩断？

静立冬日的深潭，凝视深潭中的自己，你会发现，走到今天，你现在的神情里，藏着你走过的路，读过的书，爱过的人，以及你的梦和蝴蝶。

人有两种情状总让人心疼：一是痛而不言，二是笑而不语。

人生实苦。

但，孤苦有告，思有所依，人是不是就不觉得苦了？

驾车远行，鸿雁南飞，月溅星河，长路漫漫。

为了
寻找
那片海

06

2013 年 9 月 10 日
拍摄于巴西

听一个喜欢的歌手久了，看一个人的文字久了，都会与之产生一种类似后天亲人的感觉——那人是你不含杂质、不求回报的朋友，却又不仅仅是朋友。他经典的歌、经典的文，就是你暗夜里孤身一人奔赴秘密兄弟会约会时对上的暗号，一下子就让你把他归入你的同道队伍里去了。

亲密关系心理学认为，每个人都需要有作为旅途伴侣的人来相伴度过有生之涯。其核心，是属于灵魂的彼此懂得、陪伴、真爱等情怀。

但常常事与愿违。虽然大多数人生活在各种各样的人际关系中，可是对于如何维护这种人生最富有意义的关系都缺少良策。所以最常见的结果是，无论我们的意愿多诚恳，行动多努力，我们和他人的关系却经常成问题：彼此之间沟通不畅，甚至相互怨恨，情感疏离，不能相互支持，甚至最终走向破裂和分离。

历经多次挫败之后，一些不愿就此善罢甘休的人，转而走向形而上的寻找后天亲人之路——从文学艺术哲学宗教中获得精神的支撑和慰藉，寻找另一种自我疗救之路。

音乐之所以迷人，正在于此。它是人的减压方式之一种，也是调动情绪的方法之一。音乐表达人类的情感和发泄内心的抑郁，净化灵魂，使人心情愉快，从而达到治疗的目的。有的人因此会把音乐当作一种精神寄托。

杰出的歌手和写歌人，对素不相识却又喜欢他们的人而言，具备相处吸引力，即功能性吸引。尤其是对可以上升到精神层面的欣赏者，歌手和写歌人的长相已不重要。他们的存在，对人的精神有着莫大的作用。他们的歌，他们的文字，让人受到激励，感到自信，感到被接纳，感到可以战胜焦虑，等等。

他们的歌，他们的文字，满足了我们成长过程中没有被满足的那部分内在需求，从而让自己的生活更加完整一些。

— 2 —

高晓松作词作曲的许巍新歌《生活不止眼前的苟且》2016 年 3 月 18 日刚一发行，一好友就从微信里转来了：

妈妈坐在门前，哼着《花儿与少年》
虽已事隔多年，记得她泪水涟涟
那些幽暗的时光，那些坚持与慌张
在临别的门前，妈妈望着我说
生活不止眼前的苟且，还有诗和远方的田野
你赤手空拳来到人世间，为找到那片海不顾一切
她坐在我对面，低头说珍重再见
虽已时隔多年，记得她泪水涟涟
那些欢笑的时光，那些誓言与梦想
在分手的街边，她紧抱着我说
生活不止眼前的苟且，还有诗和远方的田野
你赤手空拳来到人世间，为找到那片海不顾一切
我独自渐行渐远，膝下多了个少年
少年一天天长大，有一天要离开家
看他背影的成长，看他坚持与回望

我知道有一天，我会笑着对他说

生活不止眼前的苟且，还有诗和远方的田野

你赤手空拳来到人世间，为找到那片海不顾一切

生活不止眼前的苟且，还有诗和远方的田野

你赤手空拳来到人世间，为找到那片海不顾一切

生活不止眼前的苟且，还有诗和远方的田野

你赤手空拳来到人世间，为找到那片海不顾一切

生活不止眼前的苟且，还有诗和远方的田野

你赤手空拳来到人世间，为找到那片海不顾一切

"生活就是诗和远方，能走多远走多远；走不远，一分钱没有，那么就读诗，诗就是你坐在这，它就是远方。"这是高晓松记下的，他母亲张克群对他们兄妹说过的原话。

生于德国柏林，四岁时随父母回到中国的张克群，1961年考入清华大学建筑系，毕业后一直从事建筑设计，国家一级注册建筑师，性格幽默爽朗，乐观达然，出版过《红墙黄瓦》《晨钟暮鼓》《八面来风》，著有小说《飞》《艺术人生》。

"全世界的母亲是多么的相像。她们的心始终一样，每一个母亲都有一颗极为纯真的赤子之心。"伟大的美国诗人惠特曼如此写道。

一个女子，无论生活多平庸多琐碎，在心底都对诗意、对远方、对精神的彼岸追求保有初心，有谁会觉得能说出这番话的一个母亲老了呢？

— 3 —

女子本弱，为母则强。真正强大的女子，不仅在于外在行为努力

进取，不落人后，在于坚韧不拔、矢志不移追求人生意义的内心，更在于她怎样对待自己的儿女。把儿女当作独立的个体，鼓励他们保有诗意和梦想，激励他们尽力超越现实的碎屑，海阔凭鱼跃，天高任鸟飞，授之以渔，而非授之以鱼。这样的母亲，就是散落在民间的俗家上帝——她们明白，母亲不能无处不在，因此她们创造了独立的儿女。

所谓独立的儿女，就是既能世俗红尘烟火，又能神钩掣鹰，天马抛栈，壮士无死地，英雄轻故乡。

我的故乡也有句俗语流传甚广，说的是母亲和父亲对子女的不同影响："父丑，丑一个；母丑，丑一窝。"

这里所说的"丑"，不只是相貌，更是为人、见识、品格的丑。

一个优秀母亲对后代的卓越影响，绝不止一代人。

看看生活中那些言行堕落、恶俗粗野不堪的儿女，有几个不是自幼年起就缺少善良温婉正义的教育与呵护，深受恶母弱母之害？

伊可恶也？不，伊可悲也，伊可怜也。

— 4 —

"生活不止眼前的苟且"，妙在"不止"二字，意思是：不只是，不仅仅有。

不论是谁，踏踏实实活着，劳作，辛苦，琐碎，繁重，都是必须无条件接受，也必须尊重的东西，它是人之为人的立身之本。

亲人、友人、恋人、夫妻之间，因为衣食，因为情感，甚至是微不足道的生火做饭鸡毛蒜皮小事，而争吵而哭泣，是可以避免的吗？不。如果这就是生活的一地鸡毛，一地鸡毛就一地鸡毛了吧。

同事之间，因为工作，因为效率，因为利益，而纠纷，是可以消失的吗？不。如果这就是生活的纠结，纠结就纠结了吧。

　　"执子之手，与子偕老"的两个人浪漫，经年之后，会一个挎篮子一个提袋子，一前一后相跟着去菜市场跟小贩讨价还价，是可以逃避的吗？不。如果这就是生活的庸俗，庸俗就庸俗了吧。

　　奋斗的路上，一些时候闻鸡起舞，千里单骑，衔枚疾走，夜行八百，背水一战，绝地逆袭，是可以逃离的吗？不。如果这就是生活的沉重，沉重就沉重了吧。

　　放下所谓的恩怨情仇，江湖相遇不相爱也不相杀，忍让一下泯恩仇，是可以回避的吗？不。如果这就是生活的苟且，苟且就苟且了吧。

　　尽管如此，生活不应止于"苟且"，还应有"诗和远方的田野"。

　　"生活不止眼前的苟且，还有诗和远方的田野，你赤手空拳来到人世间，为找到那片海不顾一切。"生命的态度可以谦卑，但生命本身的尊严应该独特和崇高。

　　只因为，纵使一个人能获得物质和金钱的成功，感觉金钱能带给人幸福了，而实质上，它可以在某种程度上提供给人保障而已。幸福，是超越金钱之外的东西。

　　读万卷书，才能看清繁星皓月；行万里路，才能回到内心深处。只有知道天地的大，才更知道个人的小。

　　最终唯有回归内心深处，足不出户也能俯瞰天下，才知道心有多大，世界有多小。

　　读书和出行，是让别人和他乡在我们心灵的广场里纵马驰骋；反观自我和回归自我，则是自己开始纵马驰骋。

　　而所谓诗意，就是以山间溪流的样子，从沉重喧嚣的现实中呼唤出彼岸和梦想。

人生的意义，一半源自炊烟袅袅，一蔬一饭；一半源自不死的欲望，英雄梦想。

向死而生的意义是这样的吧——当你走过的岁月越来越久，距离死亡越来越近，才越来越深切体会生的意义，知道什么叫生，如何让自己的精神与时俱进、生生不息。

— 5 —

迁延蹉跎，来日无多，衰草枯杨，青春易过。

好在，生活不止眼前的苟且，还有诗和远方的田野。

不要由于别人不能成为我们所希望的人而愤怒，因为我们自己也难以成为自己所希望的人。

严于律己又放荡不羁，永远不能长久地安于当下，这会是每个人根深蒂固的秉性吧？歌手、写歌的人，是不是都善于将严于律己与放荡不羁这两种秉性融为一体，才那么吸引人？

一个人的生活状态，就像一幅巨幅油画，站得太近，看不出所以然，拿个放大镜照一照，连画布和油彩都像是一地鸡毛。要欣赏到它的美好和韵致，非得站得远一点不可。

梵高在他的《朝圣者之路》中这样写道："永远悲伤，又永远快乐……朝圣者悲伤而又始终欢乐地继续上路了。悲伤是因为，他要到的地方是那么远，路又那么漫长。欢乐和希望则在于，在他眼里，那天国之城在落日的光芒之中灿烂辉煌。"

许巍嗓音苍凉温润依旧，高晓松文字柔韧余威犹存。

不要——问，
走
便——是了

07

2010 年 5 月 5 日
拍摄于芬兰一座小城

凡能够触动人心灵的歌，都是来自我们心底的吟唱，关于梦想、爱、伤、痛、彼岸，关于我与自然、我与世界、我与他人。如同散落一地的珠玉，在它出现在我们耳边的一刻，叮叮当当一同落进心底的白玉盘里。

吉他这东西太奇妙，质朴，简单，大气，就那么六根弦，却能在起承转合之间，在呢喃细语和大气磅礴的辽阔地带行走，一如大智若愚的智者。不管何时何地，也不管是独奏、伴奏、合奏，只要吉他一出现，再怎么车马喧嚣的世界，都会在瞬间沉静了。

谢春花这女孩在歌坛名不见经传，但此一《借我》，却安安静静，浅浅清清，淡淡绵长，如漂着几片嫩绿芽尖在水中的茶，让人的心一下子舒展自如了。

这样的歌适合一个人听，循环往复，长途旅行中，看着雪花飞舞；深夜写字中，有西风在窗外转角处呼啸。

所有的"借我"，都是自己想要而未有的吧，或拥有的程度远远不够的。

人性，凡渴望的，皆是自己缺失的，甚至是再怎么努力也望尘莫及的。

而在历经半生之后，能让自己感动的，都是一直向往却始终抵达不了的——

借我十年

借我亡命天涯的勇敢

借我说得出口的旦旦誓言

借我孤绝如初见

借我不惧碾压的鲜活

借我生猛与莽撞不问明天

借我一束光照亮黯淡

借我笑颜灿烂如春天

借我杀死庸碌的情怀

借我纵容的悲怆与哭喊

借我怦然心动如往昔

借我安适的清晨与傍晚

静看光阴荏苒

借我喑哑无言

不管不顾不问不说

也不念

"借我十年"这样的一开口，意境就出来了。

年少时读古诗，偶然发现陆游和陈与义竟然有几乎一致的吟咏："潜光寮里明窗下，借我消摇过十年。"（陆游）"柱天动业须君了，借我茅斋看十年。"（陈与义）

当时心中一震：为何是十年，而不是其他数字？

后来苦苦琢磨《说文解字》的"十"，有点豁然："十"的原始意义之一，是"数之终也，事物之极致也"。

这一源头衍生到古代哲学里，"十"的蕴含就是：树立一个目标，一个志向，在横下一颗心之后，十年必有大成。

叔本华说："人生就是在痛苦与厌倦的两端中摆动。"人性深处，想要的，都是缺少的；厌倦的，都是得到之后的。

亡命天涯的勇敢，说得出口的誓言，孤绝如初见，不惧碾压的鲜活，生猛与莽撞不问明天，一束光照亮黯淡，笑颜灿烂如春天，杀死庸碌的情怀，纵容的悲怆与哭喊，怦然心动如往昔，安适的清晨与傍晚，静看光阴荏苒，喑哑无言、不管不顾不问不说也不念——这哪一样不是长大成人后想保留而保留不了的？哪一个不是大自然绿色植被一样，自进入社会起就一点点大面积流失的？

很多人，很多时候，生活不止眼前的苟且，还有明天和后天的苟且。

— 3 —

一次和两个好友闲聊：喜欢一个人该不该说出来？

要看具体情形吧。

有的一定要说出来。尤其年少时。那时候大家都糊糊涂涂懵懵懂懂的，像夏天雨中奔下山的小溪，就那么顺流而下地走着，不知道自己会在哪里停下来，也不知道哪一个江湖会收留自己；也分不清谁是自己真正喜欢的人，谁是自己假性喜欢的；谁真的在喜欢自己，默默无语，谁不喜欢自己，却常把喜欢挂在嘴上。更缺少自信，喜欢和不喜欢的，都不敢说。所以这时候说出来喜欢，本身就是一件美好的事。纵使以后不喜欢了，也永远不会忘记那人那段时光。因为有那人在的那段时光，那种一生只有一段的青葱日子，有傻乎乎的自己在。这时候的心和灵还未蒙上灰尘，凡说出的有关情感的话，差不多都是真实的。

但，有的就不必说。岁月到了一定阶段，谁喜欢你，谁不喜欢你，你都清楚知道。一如你喜欢谁，不喜欢谁，一样明了。那种喜欢和不喜欢，就飘在彼此头顶的空气中，不言自明。对于有点灵性的人来说，不说更好。且有的喜欢只适合悄然无言，彼此心有灵犀。一旦说出来，在世俗的目光里，就是罪过。

人到中年，向往一个非常渴望达到的人生目标，是不是和喜欢一个人有异曲同工之处？

— 4 —

可是，精神与灵性层面的东西，哪里有真的是可以借来的？谁又能真的为我们造一只渡到对岸的舟？谁又能真的为我们搭一座踏着它就能走到对岸的桥？谁又能真的送一苇让我们在危难时刻渡江？

除了我们自己，没有谁。

有时候看起来舟在，桥在，一苇在，可是细细端详，它必须让你以丧失自己为代价，就像你拿到一张原本不属于你的支票，要想兑现它，你得把自己抵押出去。

所以，如果有来生，还是要义无反顾选择奋斗一生，百折不挠。时而负重而行，时而千里单骑，时而衔枚疾走，时而绝地逆袭。然后静静等待下一个峰回路转，下一个船到桥头。

也会在某些时候独享寂寥，一个人看云，在不知名的客栈。

不再会在每一个十字路口彷徨太久，也不再会因雨雪纷纷冰封大地而有过长的凄迷低回。因为此生已明白，自己所有遭逢的苦闷与痛苦，皆源于能力与才华配不上当下的理想与肩负，自己的心灵高地和遇到的精神高手不在一条水平线上，自己的悟性和禀赋距离所仰望之人有三条街之遥，自己的洞悉和了然尚未抵达那只属于一个人的清寂。

对世事和人性冷峻到几近咬牙切齿的尼采，在《成为你自己》中自言自语：

"世上有一条唯一的路，除你之外无人能走。它通向何方？不要问，走便是了。"

风
落的——夜

08

2010 年 5 月
拍摄于瑞典

　　风落的夜，四下沉寂，听得见自己心跳的声音。坐在电脑前，跟着耳麦流淌的音乐飞扬，挽起看不见的珠帘，上穷碧落下黄泉。

　　音乐具有一种罕有的勃勃生机，它以特有的计量时间的方式在营造无可比拟的诗意和诗性，让人头脑清醒、精神焕发，回归价值追寻，激发人享用时间，治疗庸俗、乏味、懒散、邋遢、堕落等各种病。

　　有一种歌，锋利如裂帛，清厉如长空断雁叫西风，每听一遍，都会像突然陷入锋利的回忆，有头尖或刃薄的东西刺入心灵，在尖锐的声音和目光中陷落无名深潭，深不见底的潭水在凝视你。

　　长歌当哭，远望当归。无一例外，它们是爱情、友情、战斗和死亡。

　　于歌而言，它是一个群落性的新生代歌曲汇集：诸如吴品醇的《忆长安》、陈思涵的《兵马乱》、河图的《倾尽天下》、后弦的《若相惜》、董贞的《相思引》、郑中基的《英雄寞》、许嵩的《清明雨上》、南拳妈妈的《花恋蝶》、周杰伦的《东风破》《青花瓷》《菊花台》、陶喆的《苏三说》、王力宏的《落叶归根》《花田错》、信乐团的《离歌》《千年之恋》、林俊杰的《江南》《曹操》、何炅的《看穿》、弦子的《醉清风》、胡歌的《逍遥叹》、张杰的《天下》、胡彦斌的《葬英雄》《笔墨登场》《天若有情》《蝴蝶》《愿望》《潇湘雨》《超时空爱情》《红颜》《诀别诗》《月光》。

　　生命，会对每一个一丝不苟的深情战栗，不管它是男女之爱、至交之情，还是生离死别。

　　《诀别诗》有一股逼人的气质荡涤人心：一个铁血男儿在生死离别之际，对心中伊人的千般不舍，辗转徘徊。那种对生命之悲无可奈何的体悟，对所爱之人不舍爱怜的疼惜，对自我与江山大业的舍弃，全都融进了对歌曲游刃有余的掌控和凄美华丽的旋律。面对敌人一往无前、生死置之度外的杀气，前尘今世恍然一梦的蒙太奇回首，世外桃源空谷幽兰的爱之纯净，汇成了一首荡气回肠的诀别诗：

　　出鞘剑　杀气荡　风起无月的战场
　　千军万马独身闯　一身是胆好儿郎
　　儿女情　前世账　你的笑活着怎么忘
　　美人泪　断人肠　这能取人性命是胭脂烫
　　诀别诗　两三行　写在三月春雨的路上
　　若还能打着伞走在你的身旁
　　诀别诗　两三行　谁来为我黄泉路上唱
　　若我能死在你身旁　也不枉来人世走这趟
　　出鞘剑　杀气荡　风起无月的战场
　　千军万马独身闯　一身是胆好儿郎
　　儿女情　前世账　你的笑活着怎么忘
　　美人泪　断人肠　这能取人性命是胭脂烫
　　诀别诗　两三行　写在三月春雨的路上
　　若还能打着伞走在你的身旁
　　诀别诗　两三行　谁来为我黄泉路上唱
　　若我能死在你身旁　也不枉来人世走这趟

诀别诗　两三行　写在三月春雨的路上

若还能打着伞走在你的身旁

诀别诗　两三行　谁来为我黄泉路上唱

若我能死在你身旁　也不枉来人世走这趟

一首成功的歌，必是杰出的歌词、契合的旋律、灵性的歌手的完美合一，缺一不可。

诀别，永无会期的离别也。

人间的诀别，其实是一种疼痛的温情和美丽，对着依依不舍的世界和人，或者挥手说再见，痛彻心扉；或者看着一个背影远去，而后凄然守候余生。

犹如一部高度浓缩的小电影，开篇处是一段似真实幻的想象与铺垫：将刀光剑影、黑暗战场、千军万马、孤胆英雄、儿女情长、前世因缘、美人泪水、三月春雨、打伞守护等，所代表的英雄美人、江山大业、生死离别等人生梦想与拼死一搏之愿望蓝图，都交织在了一起，点燃了听者对事业、爱情、功名的渴望与梦想。

此后忽然转身仰天叩问："诀别诗，两三行，谁来为我黄泉路上唱？若我能死在你身旁，也不枉来人世走这趟。"——却原来，前面都只是设想，是想象，伤怀人生的孤独与知己难觅，渴盼得一知己，且甘愿为之生为之死，才是悲壮一曲最终的正解。

每个男人心中都有一个英雄梦，一如每个女人心中都有一个红颜梦。

形单影只，形影相吊，孤苦伶仃，孑然一身，顾影自怜，孤家寡人，纵然有几分高大上，几分超凡脱俗，总是孤而冷的吧？"我有一壶酒，足以慰风尘"，纵然有一缕安稳和淡定，也总是在自己安慰自己吧？只要清醒的时候，总会有"剑煮酒无味，饮一杯为谁"的寻思吧？

人之为人，情不知所起，却会终其一生，否则何为人？谁不渴望得一知己，得一红颜相伴慰风尘？谁不期望在离开这个世界的那一刻，有人可以送别，有人可以诀别？到那个世界去等一个人，或者有一个人等在那个世界，任怎样的劳苦，人生也是从容的。

"诀别诗，两三行，谁来为我黄泉路上唱？若我能死在你身旁，也不枉来人世走这趟。"到这副歌部分，曲子的旋律线条更加明朗大气，在回环往复、深情绵邈的情怀中，把生死离别的坚定演绎到坦然释怀的境界——如果有你在，生又如何，死又如何？生生死死皆如履平川，安步当车。

— 3 —

跳出三界之外看。

江山与美人似乎自古以来就是男人们的最高追求。所谓"三十功名尘与土，八千里路云和月"；所谓"黄沙百战穿金甲""冲冠一怒为红颜"。男人的才情，男人的志向，男人的闻鸡起舞，男人的十年磨一剑，都是奔着功名征伐、江山大业来的。而功名征伐、江山大业，又似乎是为了赢得美人红颜做准备的。所以是否功成名就，是否有美人红颜，很大程度上就成了一个男人器宇轩昂、俯瞰世事的标尺了。

而在世俗的目光里，美女红颜之所以爱英雄，成为英雄的配角与烘托，也是因为英雄出人头地、功绩赫然了。

实际情形呢？"男人自以为是英雄，但始终和小孩子一样。男人喜欢战争、打猎、摩托、汽车，也像小孩一样。当他睡去时，那就更看得清楚了。所以女人才这样喜爱男人，这一点用不着说假话。"

杜拉斯如此这般一语道破女性对男性着迷的秘密之所在，一切的一切便在于"女人爱猎人、爱战士、爱小孩"。

也许，女人们自古以来所仰慕的那些英雄始终都是孩子，女人们爱他们就像爱孩子一样。而男人们那些在所谓的宏大志向下痴痴追求的江山大业，不过是儿童时代游戏的放大。其间体现的好胜心、进取心，主要的成分乃是自我征服欲的一种外化。他们在向着创业目标乐此不疲的拼搏之中，破坏的东西不比建设的东西少。尤其是那些在名利场上拼杀得遍体鳞伤的战士，那些在茫茫旅途中四处寻觅的游子，左冲右突的过程中，自己头破血流，也连带着山川大地、亲友故人也跟着鸡犬不宁。

可是男人们把这些个体欲望化的东西都冠之以人生历程中的"功名成就"，并且鼓噪得让它闪烁着炫目的光，以至于女人们也懵懵懂懂地跟着欢喜跟着愁，不自觉地紧随其后挥洒着她们的母性、妻性、女儿性。

— 4 —

《圣经·创世记》说上帝用泥土造男人，然后将生命的气息吹入他鼻子里。在造女人时，"耶和华神使他沉睡，他就睡了；于是取下他的一条肋骨，又把肉合起来，耶和华神就用那人身上所取的那根肋骨造成一个女人，领她到那人跟前。那人说：'这是我骨中的骨，肉中的肉，可以称她为女人，因为她是从男人身上取出来的。'"

这个寓意太深刻。

女人的细腻、柔软、体贴、坚强与支撑力，是引发男人之爱的根本。女人受伤男人会痛，男人受伤女人会疼。

似乎天赋使命——女人需要男人的关爱，男人需要女人的呵护。女人注定为了回报男人的创造之恩奉献自己，男人必须要为他爱的女人在所不惜。

男人为何在深爱中总是主动出击、穷追不舍？是因为他在寻找自己的骨中骨、肉中肉。女人为何在情感中总是被动接受，然后义无反顾？是因为她回归了自己骨中骨、肉中肉的所在故里。

也许，因爱而痛，痛而仍爱，心甘情愿为爱而死而生，世世代代地生死传递，就是人世间男人女人的共同宿命。

—— 5 ——

女人为何常常可以包容男人，却无法在需要的时候支撑男人？

西蒙·波伏娃说过一段智慧的话："男人的极大幸运在于，他，不论在成年还是在小时候，必须踏上一条极为艰苦的道路，不过这是一条最可靠的道路。女人的不幸则在于被几乎不可抗拒的诱惑包围着；她不被要求奋发向上，只被鼓励滑下去到达极乐。当她发觉自己被海市蜃楼愚弄时，已经为时太晚，她的力量在失败的冒险中已被耗尽。"

女人之所以成为真正的女人，不是天生的，而是在岁月中磨砺成的。

在岁月中，慢慢地明白该怎样担当好自己应有的性别角色，不只是女人吧。

越过　山丘，
才　发现
无人　等候

09

2015 年 8 月 5 日
拍摄于沙坡头

第一次知道《山丘》这歌，是在初识艾明的小小聚会上。

那天，阿平和白云事先告知我说要带某个大报报社的女记者过来，教育学博士，是她俩共同的好友，想叫我也认识，问我愿意否。

对人到中年都有点交友洁癖的挚友而言，如果你最好的朋友要把她最好的朋友介绍给你，必定是先斟酌过你与那人有一些相投相近，性情上，趣味上。

"当然愿意！"

相见后，四个人聊着聊着，不知为何说起了李宗盛，一直沉静的艾明马上提到了《山丘》，随之她坐直了，动情地脱口而出了这几句：

还未如愿见着不朽
就把自己先搞丢
越过山丘
才发现无人等候

看她此时的神情，云蒸霞蔚一般，完全不是一见面时的波澜不惊。

就在那一瞬间，我似乎看到有灯光打在一直黯淡不明的舞台上，圆圆的光晕下，一个静默无语的女子亮起来了。

又像是夏日的午后，有斜阳穿过窗棂，照着房间里柔软的蒲草席。草席上，正搁着几条折叠好的蓝绸子绿绸子丝巾。

抑或江南水乡的暗夜中，突然就跃起了一只萤火虫，嘤嘤地在带着露珠的草间飞起了。

我爱每一个灵性的女子!

那天小聚会一直绵延到傍晚。回程时刚坐进车子，就在手机上搜到这歌，戴上耳机线。一驶入江湾湿地宽阔车少的大道，就开始播放。

犹如吃了芥末被呛到一样，挡不住地，眼睛起雾了。

— 2 —

想说却还没说的还很多
攒着是因为想写成歌
让人轻轻地唱着　淡淡地记着
就算终于忘了　也值了
说不定我一生涓滴意念
侥幸汇成河
然后我俩各自一端　望着大河弯弯
终于敢放胆　嬉皮笑脸面对人生的难
也许我们从未成熟
还没能晓得就快要老了
尽管心里活着的还是那个年轻人
因为不安而频频回首
无知地索求　羞耻于求救
不知疲倦地翻越每一个山丘
越过山丘　虽然已白了头
喋喋不休　时不我予的哀愁
还未如愿见着不朽　就把自己先搞丢

越过山丘　才发现无人等候

喋喋不休　再也唤不回温柔

为何记不得　上一次是谁给的拥抱

在什么时候

我没有刻意隐藏　也无意让你感伤

多少次我们无醉不欢

咒骂人生太短　唏嘘相见恨晚

让女人把妆哭花了　也不管

遗憾我们从未成熟

还没能晓得就已经老了

尽力却仍不明白身边的年轻人

给自己随便找个理由

向情爱的挑逗　命运的左右

不自量力地还手　直至死方休

越过山丘　虽然已白了头

喋喋不休　时不我予的哀愁

还未如愿见着不朽　就把自己先搞丢

越过山丘　才发现无人等候

喋喋不休　再也唤不回温柔

为何记不得　上一次是谁给的拥抱

在什么时候

越过山丘　虽然已白了头

喋喋不休　时不我予的哀愁

还未如愿见着不朽　就把自己先搞丢

越过山丘　才发现无人等候

喋喋不休　再也唤不回温柔

为何记不得　上一次是谁给的拥抱

在什么时候

喋喋不休　时不我予的哀愁

向情爱的挑逗　命运的左右

不自量力地还手　直至死方休

为何记不得　上一次是谁给的拥抱

在什么时候

　　开着车，听着歌，沿着那几条浓密绿化带掩映的大道，转了一圈又一圈，仿佛游出了时光之外。

　　港台歌手，听罗大佑、童安格、费玉清、五月天、王力宏、张学友、谭咏麟、张国荣、刘德华、周华健、齐秦，也听周杰伦、陈奕迅、李宗盛。

　　听罗大佑和李宗盛多一点。

　　这歌，只有李宗盛才能写出这样子，也只有他才能唱成这样子。

　　在我心底，所谓大家，就是一只泡了多年香茗的紫砂壶，不管什么样的清水进去，倒出来的茶，都溢着清香。而写字作曲的人，什么样的生活经他的笔下流淌出，都是隽永的。

　　李宗盛的每一首歌，都是顺手拈来，却自然浑然，如同一个兄长和你闲聊，让你一边听一边身着纯棉衬衫在家里随意行止，舒服自在。那些低吟浅唱，不刻意隐藏，也不故作感伤，每一句都能进入你的心底。

　　悟已往之不谏，知来者之可追。实迷途其未远，觉今是而昨非。

　　归去来兮，田园将芜胡不归！

一首《山丘》，似乎整个人生都在里面了。

自那天之后，流行歌曲中的民谣，在我的感觉里，就是一个有故事的李宗盛，身着随意的便装，胡子也不刮，在他宽大的工作室里做吉他，弹吉他，唱着他自己的人生。

如果你听着听着眼睛就起雾了，不是因为那旋律有多优美，声线有多迷人，嗓音有多磁性，也许是因为恰好也有相似的故事，相近的人生。

后来，有一次在电视上偶然看到江苏某个电视台播出李宗盛的演唱会。衣着简朴的他低调淡泊，现场有很多青涩少男少女举着牌子，写着"忠实粉丝""我爱你"之类的话，神情里满是不知世事艰的轻狂、混沌和惘然，没有一点那种有阅历之后惺惺相惜、感同身受的懂。

而李宗盛，在台上那么深情那么投入地唱着，目光里也没有那种和台下人情感对接相融激荡出的光亮。

就那么孤独而寂寥，孤零零地站在舞台，在不相干的喧哗中。

一阵酸楚。心隐隐疼。

大河弯弯，各在一端。

没有阅历的人，怎会懂李宗盛？

— 3 —

人生要翻过一座山又一座山，不管山那边有没有最美的风景，有没有人等。要坚持到最后，不迷失，不倒下，该需要多大的勇气和毅力。

一路上，没有在乎你的亲人，没有在乎你的知己，没有过深情相爱，没有过悲欢离合，没有翻过几座山，没有遍寻不见的失落，怎么能算是精彩的人生？

不过山，不渡水，不登高，不经历，不感悟，不情深，哪里有完整！

可是，慢慢地慢慢地，你就会明白，很多想说的话过了那个特定的时候你就再也不想说了；你和一个人，和几个人曾经交汇过，最后还是各在一端了；你经过的难处多了，自然就会笑对了；似乎什么彩页都还没画出来，你的头已开始白了；你还没来得及竖起一块你自己的像样的路牌，你已找不到自己了；你一次次奔向下一个路口，却没有看到等你的人在何处；你还没发现自己成熟，却已挡不住地步履蹒跚了……

《山丘》，哪里是一首歌，分明是一段喃喃自语，一个饱经风霜的成熟男人回首往昔时对自己的自言自语。

返躬自省，谁的人生不是一首挽歌？

出生了，会哭了；会笑了，进学校了；有理想了，开始苦了；奋斗了，失败了；爱了，痛了；聚了，散了；在一起了，无所谓了；安稳了，心死了；坐看云起了，快到终点了。

无奈，悲叹，沉默，忍受，却依然在困难中前行，在束缚中挣扎。纵然很少快意，但始终不言放弃。岁月将老，心中仍有火花在跳动。

这，也许是每一代人的宿命——不自量力地还手，对着掌控你的命运之手，至死方休！

有的歌，就算其中所写的细枝末节你都体验过，可是要想真明白言外之意、韵外之致，也还是要一段时间。

而《山丘》的精彩之处在于，随便从中拎出一句来，都够你琢磨很久很久。

这样戳心的吟唱，要经过怎样的孤独寂寥、抚今追昔、长夜静思才会有？

"谁终将声震人间，必长久深自缄默；谁终将点燃闪电，必长久如云漂泊。"尼采在他凝重又穿透的诗行里，这样写道。

记得李宗盛在一次"鲁豫访谈"节目里说："如果再谈恋爱，一定跟这个女生讲，我没法让你快乐。在这个时代，大家都累坏了，每个人都有每个人的问题，所以不要再奢求对方给你快乐。"

"人生最初的四十年得益于教科书，以后的三十年是注释教科书的内容。"这是叔本华写下的感悟。

人人都有自己的山丘。

渡人，渡己，片片慈悲不可废。

越过山丘，淡定，淡然，潇洒背面是否都有惆怅？

坦然，自然，对人对己渐入本色的背后，是不是另一种情深？

让自己舒服，也让别人明白，是不是最真的人生？

青　　山
随云走，
大地　　沿河流

10

2011 年 8 月 2 日
拍摄于新疆

— 1 —

有些歌曲，是灵魂碎裂而成，珠玉满地，让我们拾在手心，颗颗心酸。而有些歌曲，则是肝胆化雨倾泻，落入我们的心井，滴滴润魂，一如李健的《心升明月》。

自古以来，尽管一轮明月衍生出了人类情怀中的孤独和失意、静谧和安详、超拔和脱俗，牵绊出了芸芸众生渴望探索永恒、澡雪精神、参悟生死的心灵体验，但是它最契合人心灵的，还是关涉女性与母亲的种种：

它是永爱，是彼岸，是秋水伊人，是温润我心的只与灵魂有关的那一个可望而不可即。

每一次听《心升明月》，都会想起一个场景——窗外雪花轻飏，晚祷的钟声正在教堂的楼顶殷殷沉鸣，一个漫游归来的游子，步履疲惫却有力，正走向一所庭院。那庭院门口有大树，树梢上泛着一抹金黄。

树下有一个安静的女子，如一朵慈莲，正翘首以盼。她的身后，是澄明温暖的家之客厅，那个游子之家，心灵之家。

— 2 —

与生俱来，从我们稍稍知道世界为何、我们为谁的懵懂少年始，很多人的灵魂深处都在叩问苍天大地：

谁是我们窗前的那轮明月？谁能让我们心甘情愿为之漂泊在旅？我们为谁孤军奋斗在职场丛林？谁能让我们在义无反顾搏击世界的同时，又能时时心怀一池月华，渴望踏着满地的清辉回家去？

这样叩问的同时，我们也会反观自己：

我们又是谁窗前的那轮明月？我们将心托明月，会从世上的某处无缘无故地走向谁？我们会无缘无故地在夜间为谁轻笑？会无缘无故地在节日为谁伤心？甚至，我们在离开这短暂人生的那一刻，会深深浅浅舍不下谁？

世事难料，世事，难料。每个人的一生都充满了不确定因素，有着太多的不合理性。

虽然人人都会在亲情、爱情、友情的世界里仰望星空，一生一世，一世一生，但并不是每个人都会有月华朗照爱的世界，也并不是每个人都能成为明月，在寂寂人静时越过女墙照他人。

一个人的生命里是否会有明月来相照，又是否会化作明月笼罩呵护他人，哪里有定数？谁说得清呢？我们的一生中会不会孤独在旅，会不会永无伴侣，谁又能知道？谁是那个命中走向我们的人？我们又会命中注定走向谁？

但是，有一份伤感，就有一份慰藉。面对我们心中这种对爱的未可知的忧伤与彷徨，探问与追寻，李健如一缕清风，开始了他《心升明月》那恍若隔世的吟唱。

— 3 —

开篇处，歌声未起，却有吉他跃出，转轴拨弦十几声，未成曲调先有情。

吉他这种东西真是奇妙无比。

在流行音乐中怎么可以没有吉他呢，就像俊逸的女人怎能没有书卷檀香呢，怎能没有纯棉心灵呢。你听一张 CD，没有吉他的曲子几乎不存在，不论是流行曲、爵士乐，还是民谣、古典或诗歌，都有吉他在，要么伴奏，要么 Solo。

迷恋吉他桀骜不驯的节奏，欣赏它安详温馨的宁静，沉湎它典雅柔美、飞翔忧伤的音色。那些在吉他弦上划动的手指，是最具撩拨性的炫动，它能让人心池泛起古老悠远的涟漪。

每一次听吉他声响起，周梦蝶那禅意深深如庭院的诗句就会在眼前漾起："你是泉源，我是泉上的涟漪，我们在冷冷之初，冷冷之终相遇，像风雨风眼之乍醒。"那一刻，我仿佛觉得自己来这世上就是为了和吉他相遇的。

在此情境之下，李健那交织着伤感与执着、沉思与怀想的声音，那调动了他对人生全部温柔与爱恋的声音响起——

　　飞鸟归山林　　落日入东海
　　我心上的人　　你从哪里来
　　青山随云走　　大地沿河流
　　这深情一片　　等待谁收留
　　这广阔的天地　如何安放我
　　我如何安放　　这广阔天地
　　我心深似海　　你宛如明月
　　这般美如画　　却遥不可及
　　为何要可及　　彼此共天地
　　海上生明月　　已尽收眼底
　　这美丽的世界　已经拥有你
　　我已经拥有　　这美丽世界
　　青山随云走　　大地沿河流

这深情一片 等待你收留
这美丽的世界 已经拥有你
我已经拥有 这美丽世界

这歌声，铺天盖地，如一张无形的大网，又如一池温热的池水，笼着也裹着人的身心。

— 4 —

飞鸟、山林、落日、东海、青山、云、河流、天地、心、明月，这些经常出现在诗词歌赋绘画中的东西，都是人类的种族记忆或集体无意识，是潜藏在每个人心底深处的超个人的东西，它们的出现能够触动作为人最本原的精神。

如果有人一旦表现了这些物象，你就会感觉它像道出了一千个人的声音，你会觉得那个书写者、歌唱者、绘画者已经把他所要表达的思想，从偶然和短暂提升到永恒的王国，把个人的命运纳入了人类的命运。也因此，会觉得他唤起了我们身上某种神奇的力量，某种时时激励着我们摆脱危险、熬过漫漫长夜的亲切力量。

飞鸟归向山林，落日落入东海，青山随着白云走，大地沿着河流奔，在李健的低吟浅唱中这四个大自然存在的图景，就像一个个参照物，似乎就在一个瞬间引发了那个从柏拉图就开始的人类的共同追问：“我是谁？”“我从何处来？”“我往何处去？”“我将归向谁？”

人生一世，不管是百战百胜、大路朝天的英雄，是飞黄腾达、富贵数代的达人，还是一蹶不振、无路可走的弱者，是苦苦挣扎在衣食温饱线上的草根，也不分男女不分老幼，在某些夜深人静、孤独在路的寂寥时刻，灵魂深处会有一默如雷般的如此自我追问。

回归生命的自我本能，在剥离了所有的外在欲望和野心之后，也许我们看到的最根本的生命需求之相是：即便是拥有天下的王，如果没有那份源自灵魂相交的爱，没有找到那个心心相印、情投意合的人，没有心灵想要的那个同命鸳鸯，也不过是孤魂野狐，是无涯夜空中的一颗孤星而已。

同样，一旦我们找到了灵魂深处的伴侣，彼此的寂寞与孤独都会从此消失，人生因此而真正开始起航，生命因此而趋于完整。

而与此同时，有关人和天地宇宙的一些深刻问题，也会如陈年老酒麻辣那几近粗粝的心——我们和自然、和社会、和他人、和自己该如何相处，这广阔的天地如何安放我，我又如何安放这广阔天地，这一系列问题，也将迎刃而解。

由灵魂结盟而引发的精神之爱，原本就是一切爱的坐标轴，只有它才能圆满地定义一个人的人生坐标系，让人的人生观、世界观乃至宇宙观变得圆融通透。就像李健的吟唱：

为何要可及，彼此共天地，海上生明月，已尽收眼底。

只消知道这天地间有另一个自己在，即使那人是在遥遥的地平线那端，通向伊人的那条路，也会成为一串永远数不完的又柔又暖的念珠，循环牵念在彼此之间。

只因为人生几十年，来过便是永生，爱过即是不老。来来去去，生生死死，聚聚散散，远远近近，皆因有另一个自己而感觉一切都恰恰好，是风行水上自然成纹。自己的起止经行，未曾刻意，更不曾轻易。如同鸿雁长飞，自有光度；鱼龙潜跃，自生水纹。刹那即是永恒，从来无计东西！

灵魂之洽就是这般一旦达于至境，即使是行到水穷处，也会不见穷不见水，却有一片幽香相伴，冷冷却又暖暖的，在目，在耳，在衣。

而对于歌者李健，也在喜欢他那因为发乎心、发乎情而产生的纯真高贵时，勘破了一个小小执念：有时候，我们爱一个人的思想深远宽广，但远远不及爱他的纯正本真性情。

远远地又近近地，听见李健在那里一直唱：

青山随云走，大地沿河流……

在 风中
寻找 你，
乘着 我的云

2011 年 8 月 2 日
拍摄于新疆

11

喜欢戴荃的歌是从他的《悟空》开始的。

那种叫一声佛祖、回头无岸的悲怆，跪一人为师、生死无关的豪迈，善恶浮世真假界、尘缘散聚不分明的迷惘，"我要这铁棒有何用、我有这变化又如何"的无奈，以及踏碎凌霄、放肆桀骜的决然，都极富英雄末路的气息——大气磅礴，苍凉豪壮，了悟又执着。

浸染着浓浓的京剧唱腔和古代写意水墨的留白风采，《悟空》中齐天大圣一生留下的划痕，也许就是我们每个人来此世上走一遭的缩影：从早年的意气风发大闹天宫，到被收编为伍跟着众人取经，到沿途一路斗妖降魔，被大大小小天上地下各等人物压制欺负，再到最后修成所谓的正果。

从黑白分明、拍案而起、决意铲尽不平事起，至无分别心、坐看云起、亦无风雨亦无晴终。佛门多了一只修成正果的猴子，人间多了一个个缓缓归矣的老人。

短短几十年，不断闻鸡起舞，不断改过自新，不断回头是岸。不断被人谆谆教诲——要慈悲为怀，要收起狂狷，要舍弃虚妄，要戳破梦想，要脚踏实地……

可是最终呢？连五指山都没跳过。

修行的过程，是去掉了枷锁，还是背上了更重的枷锁？是挣脱了束缚，还是套上了更多的束缚？而最终的结局，是修成了正果，还是捂成了面瓜？

此等猴生，此等人生，悲耶？喜耶？

人生代代无穷已，江月年年望相似。人海苍茫，代代相接，可是每一代都是到了身老沧州的时候才发现，其实谁也没走出上一代的老路。

看那每个踟蹰而行缓缓归的老人，哪一个不是曾经意气风发少年郎？哪一个不是曾经壮志凌云青春心？那些在陌上花开时分缓缓走下山去的背影，哪一个不是扛着刀削斧砍后，非方非圆无可无不可的人生？

"我走在命运为我规定的路上，虽然我并不愿意走在这条路上，但是我除了满腔悲愤地走在这条路上，别无选择。"尼采早就在洞穿人生真谛后这么说了。

— 2 —

尽管知道才子型的音乐人常常会出人意表，可还是没料到戴荃会把一首追寻之歌唱得这样深情绵邈、荡气回肠，在他一路上唱着深深禅意的《喝汤》《上海三月》《老神仙》《渡人》《湖光水色调》《鼓与花》之后。

《香草馥》这名字有脂粉气。但是打开来，低眉阴柔的气息立即被划破了——那种自顾自如劲风一般席卷大地，一往无前的款款深情，如霜清汉水，日落楚山，山奔海立，沙起云行，又如秋风起兮白云飞，草木黄落兮雁南归：

> 在风中寻找你，乘着我的云，一如既往地独行；
> 穿过几世银河雨，风是我，云是你。
> 用千百种变幻，画一夜柔情，凭栏饮月听风铃。
> 劝君莫一生倾心，却任梦，不醒。
> 千里香草泊，花开恋几朵。

世上有红颜，宛转若云烟；

盈盈，纤纤，似初见。

念白词：

多情只为红颜老，踏遍千山寻百草。

夜长醉，梦交集，一生阕歌一世谣。

用千百种变幻，画一夜柔情，凭栏饮月听风铃。

劝君莫一生倾心，却任梦，不醒。

千里香草泊，花开恋几朵。

世上有红颜，宛转若云烟；

盈盈，纤纤，似初见。

多情惹人伤，采桑为霓裳。

世上的红颜，温柔几多怜，哪怕断水唱人间。

柔情似烟波，离痕若清涟；

小雾，双桨，水远。

在戴荃的歌声里，风，云，独行的人，银河雨，凭栏，风铃，梦，花开几朵，红颜，云烟，人间，烟波，清涟，双桨，跳跃腾挪，似断若续，串起它们的，是一种看不见却百炼钢化为绕指柔的不屈不挠，一个男人的矢志不移，击打不倒，磨折不了。

这仅仅是对恋人的追寻吗？是，又似乎不是。

知己，人生目标，一世理想，诸种追寻何尝不都如此？

"天风海水，能移我情，即使看不着日出，此行亦不为辜负。"刘鹗在《老残游记》第一回如此深情款款地挥笔这不愿辜负的只此一条路的远行人生。

纵横古往今来，这世上但凡活得有几分意义的，不管是飞黄腾达、功成名就，还是沉沦落魄、困居山野，只要一意向着自己笃定的方向走，谁的内心没有过负枷长街、踯躅荒野的时候？谁又没有过荷戟独彷徨、荆棘一处连着一处的困境？谁又不是在临近终点时醍醐灌顶：只需一转身，就是另一个白茫茫大地真干净。

可是，人生一世，草木一秋，其意义所在也许都是为了一份份缱绻又厚重的寻找——破土而出的春芽，暗夜摇曳的烛光，父母含泪的抚慰，恋人踯躅的站台，知己倾心的微笑，黄昏镀金的晚霞。即便是始终负箧在路，即便是看不见日出也看不见月升。

宁可追求虚无，也不可无所追求。

如果犹豫太多，连匆忙的比喻都来不及打了。

— 3 —

情随事迁，感与岁同。

人之一世对于爱情、友情，以及种种求索目标，皆有三种境界吧：

少年时出于好奇，对那些自己不了解的、不一样的、错位的，总因新奇而感兴趣，充满新鲜感地跟风追赶，一路上喜欢标新立异，试图以此引人注意、凸显自我。

青年时出于审美，凭着自己的理智、情感、认识、理解、感知作出判断和选择。所选择的人、事、物，都是自己认为美的。

中年呢，则归向求知——对种种想走近的人，爱与友，想要的是彼此明了、澄澈、相知、知心、知足、知趣、知音，以及懂得、赏识、觉察。彼此有相近的识别、相近的质感、相近的智慧。如此，才可以有知心投合的相互关心、抚慰。

也许人到中年之后的种种求索，都有几分彼岸的佛意了。只因为，老之将至，唯有义无反顾。

"谁也不能为你建造一座你必须踏着它渡过生命之河的桥，除你自己之外没有人能这么做。

"尽管有无数肯载你渡河的马、桥、半神，但你必须以你自己为代价，你将抵押和丧失你自己。

"世上有一条唯一的路，除你之外无人能走。

"它通向何方？不要问，走便是了。"

尼采曾如此对芸芸众生说。

在风中寻找你，乘着我的云，一如既往地独行；穿过几世银河雨……

哪怕一直是个独舞者，哪怕观众自始至终只有自己。

让　　风雪
归　我，
孤寂　归我

12

2015 年 2 月 4 日
拍摄于瑞士

前天晚上，鲍勃·迪伦获得 2016 年诺贝尔文学奖的消息在微信朋友圈炸锅了。

诺奖委员会说这个奖是为了表彰美国作家兼歌手鲍勃·迪伦"在伟大的美国歌曲传统中创造了新的诗歌表达"。

这是诺贝尔文学奖有史以来第一次颁给音乐人——歌手也可以拿诺贝尔文学奖。

不在跨界里重生，就在固守中死亡。

在这个跨界行动纵横驰骋、平地起风雷的时代，诺奖委员会是在跨别人的界，还是在跨自己的界？是在滑落，还是在逆袭？是在支持一种新锐的生活态度和审美方式，还是在引导一种精神文化的相互渗透、相互融会？

音乐里早就有跨界音乐。在欧美乐坛，有 Crossover 或 Crossover Music 之说。就是用流行音乐的表现方法演绎古典音乐，抑或用古典音乐的表现方法演绎流行，或者自创一些融合古典与流行乐调的曲子，以求达到融贯古今、内敛又活泼的效果。

不在逆袭中重生，就在平庸中消亡。不只音乐会如此。

开始听鲍勃·迪伦的歌，是在二十年前。

当时，在听过的他的歌里，最爱的就是这首《答案在风中飘扬》。

那时候刚刚开始体会什么是工作，什么叫生活，什么是人生。很多个黄昏和夜晚，一遍遍听《答案在风中飘扬》的磁带，问自己——

一个人要走过多少路才能成熟，一个人要经过多少筚路蓝缕才有足够的山头，一个人要吃过多少苦头才会坐看云起。

"形而下者谓之器，形而上者谓之道。"

最惊异他的，是如此简单的旋律，如此简易的一把吉他，且几无起伏的沙哑深沉的嗓音，唱出的却是神谕一样的追问：

一个人要走多少路

才能被称为一个男人

一只白鸽要飞过多少片海

才能在沙丘安眠

炮弹要多少次掠过天空

才能被永远禁止

答案啊　我的朋友　在风中飘扬

答案它在这风中飘扬

一座山要耸立多少年

才能被冲刷入海

一些人要生存多少年

才能被容许自由

一个人要多少回转过头去

才能假装什么都没看见

答案啊　我的朋友　在风中飘扬

答案它在这风中飘扬

一个人要仰望多少次

才能看见天空

一个人要有多少只耳朵

才能听见人们的悲泣

要牺牲多少条生命

才能知道太多的人已经死去

答案啊　我的朋友　在风中飘扬

答案它在这风中飘扬

　　鲍勃·迪伦写这首歌时是 1962 年，正值越战期间。战争带来的社会、经济、死亡、暴力、种族歧视等问题，让很多人陷入了痛苦和深思——从个体出发，关涉万物、大地、天空、生存、死亡、悲悯和爱。

　　因看到而痛苦，因痛苦而思索，因思索而怀疑，因怀疑而追问，因追问而揭示，因揭示而彰显正义、光明和慈悲。

　　而这一切，都源自一个歌手与生俱来和后天养成的敏锐和敏感，以及悲悯情怀。

　　"世界上有两件东西能够深深地震撼人们的心灵，一件是我们心中崇高的道德准则，另一件是我们头顶上灿烂的星空。"这是康德留给世人的一句名言。

　　岁月流转，四季轮回，风雨常常来袭，于个人、于人类皆如此。"有些人能感受雨，而其他人则只是被淋湿。"鲍勃·迪伦曾这么说。

　　人间之大美，也许最具慈和善的愿望就是：当季节和生命的寒冬渐行渐近的时候，仍然有那些可以成为记忆的温情如在昨日，那些夏日的热烈，绿荫，怒放，那些宁静至福与华顺命运的溪流，都将变成豆荚，会在我们的来日萌芽，长成新的希望。

　　"我是谁？我从哪里来？我在做什么？我将往何处去？"这首歌的追问之下，其实潜藏的是人类的一个亘古追问。

　　而这一追问之下，暗藏的是：生与死，来与去，爱与不爱。

　　回眸与向往，是人类群体之本性。

　　自从世界由混沌进入清明以来，伴随着悠悠岁月，人类一直都在苦苦追问着生命的存在终极。作为人类精神生活的一种内在需求，终极关怀就指向了人生存的一系列基本问题：我是谁？我从何处来，我又往何处去？我赖以生存的世界又往何处去？

　　与之俱来的，是一系列认识问题：人与人、人与自然、人与社会的关系如何？人生价值何在？人生意义为何？人根本的困境是什么？

　　回眸，让人站在今天的背景下，通过一个辨识过程以确立自己的身份，找到自己的归属，从而达到对"我是谁"的确认。

　　向往，则让人思慕、理想和追求，以此消解人类个体的痛苦、群体的无助。

　　艺术的终极效果就在于揭示人的生存状态和生命精神，表现对人的心理、人的精神、人的价值、人生意义的关注。从诞生的那天起，艺术就担负起了对这些问题表达和展示的任务。

　　如鲍勃·迪伦这般，发自心灵深处的，对和平、对安顿、对温情与爱的价值追寻，与其说是追问，不如说是一种无所归依的悲吟。也因此，鲍勃·迪伦的歌吟不只是个体的、艺术的，更是群体的、人性的。

　　波伏娃说："女人不是天生的，是变成的。"男人也一样，每个大写的人都一样，每一种叩动人心的艺术都一样，要真的成为能够影响人精神与灵魂的独特的一个，都是在漫漫道路上磨砺成就的。

— 4 —

时已深秋。

居住小区的大大院子里，郊外农人的园地里，银杏、枣子、柿子、苹果、沙果，或红或黄或橙，皆挂在枝头，跟着我们的指头顺入藤筐和竹篮，跟我们回到有灶火、有稻米、有唇齿相依之人的家。

这个季节适合等待，等待安宁冬日，等待雪花飞扬的时候我们在窗下安坐，读书，回想，等待远行的人回家。

美国诗人迪金森说："等待一万年不长，只要有爱作为补偿。"

每个能够对人性和生命有在大地深处根连着根体会的人，都不会被世俗所定义的荣华富贵、功名利禄打懵，那些场面上的光环、荣耀、辉煌、鲜花、掌声、鞭炮、锣鼓；也不会被种种无可名状的低谷、失落、挫败、断崖击倒。

只有那些站在生命基点上的观照、关怀、初心，以及为此付出的坚韧、直面、不屈、独行、爱，才会时时直抵我们感动的神经。

谁也没想到，在这个秋风席卷大地，很快就会枯草遍地、白雪纷飞的时辰，世界等来了鲍勃·迪伦获诺奖的消息，虽然他早就年过七十。

而鲍勃·迪伦则以他的慈心、敏锐、傲岸不羁、独一无二的歌喉给了我们那么多。那么多的温情，出走，追问，以及破土而出。

纵然多年以后他会无声永别，我们还是记得，在他那里，有一个世界是可知觉的世界，它是物我、人我相融的产物，源于一个人对世界对他人对每一种生命的感同身受；有另一个世界是理想的世界，它

让风雪归我，孤寂归我

是期望、是翘首以盼、是爱的产物。

每一次这样的回眸，每一个这样温暖看人间的神情，都能让世纪前的冰川和万年的积雪消融。

— 5 —

诺奖的人文范畴，一直以欧洲文明精神为重。

可是，世界在变迁。

从反权威反传统约束的嬉皮士时代，到普遍只顾个人享乐的雅皮士的今天，是不是一种理想主义的式微？崇尚个人自由主义，是不是与以天下为己任的传统理念有先天的矛盾？人类难道又一次站在了三岔路口？是不是应该在对一个时代评估之后，再定未来的方向？

诺奖委员会把文学奖颁给鲍勃·迪伦，是在肯定他歌词与诗歌文学内涵成就的同时，也在肯定他在嬉皮士时代所做出的奋起和呼喊吗？

是一个有了苹果微软电脑超写实主义的时代，在肯定一个已经远去的时代极光吗？

诺奖委员会的此次创举，是在昭示诺奖不只属于阳春白雪，也认可下里巴人吗？

— 6 —

2007 年，导演托德·海因斯拍了一部电影，叫《我不在场》，是鲍勃·迪伦的传记片。

导演选了六名演员，代表着鲍勃·迪伦人生的六个不同面，其中故事有真有假，作为对鲍勃·迪伦传奇人生的某种延伸。

该片在美国上映后引发了两种极端相对的评论意见，而鲍勃·迪伦却始终不置可否、置身之外。

他有一句惊世骇俗的名言："我能做的一切就是做我自己，你管我是谁。"

此时，我记起周梦蝶的《让》来了：

让软香轻红嫁与春水
让蝴蝶死吻夏日最后一瓣玫瑰
让秋菊之冷艳与清愁
酌满诗人呐呐之空杯
让风雪归我　孤寂归我
如果我必须冥灭，或发光——
我宁愿为圣坛一蕊烛花
或遥夜盈盈一闪星泪

长空
送　鸟印，
留幻与　人灵

13

2011 年 8 月 2 日
拍摄于新疆

　　刚刚过去的周末，去看了《大鱼海棠》。回来后，循环听陈奕迅的《在这个世界相遇》，那是它的主题曲。

　　在男中音歌手里，陈奕迅是非常特别的一个——他是那种不需修饰就已经情满于山的歌手：音色醇厚而圆润，十足的木质感中夹杂少许的金属质感，上等蓝田白玉的温润感。

　　至于气息吐纳，他则已畅达娴熟，收放自如，张弛有度。

　　尤其是近几年的歌，人到四十的一个男人的歌，每一次入情时，都如白鹭滑翔落水；每一个出离时，都像山云随风出岫。深情、蕴藉、挥洒、绵厚，就像这首《在这个世界相遇》：

　　星月相掩　于大海上
　　微风摇曳　细雨也彷徨
　　流霞飞舞　群青深处
　　你我曾相遇的地方
　　你是否已化作风雨
　　穿越时光　来到这里
　　秋去春来　海棠花开
　　你在梦里　我不愿醒来
　　每条大鱼　都会相遇
　　每个人　都会重聚
　　生命旅程　往复不息
　　每个梦　都会有你
　　你是否已化作风雨

穿越时光　来到这里
秋去春来　海棠花开
你在梦里　我不愿醒来
每条大鱼　都会相遇
每个人　都会重聚
生命旅程　往复不息
每个梦　都会有你

旋律缓缓流淌，哀而不伤，痛而不悲，像是倾诉，像是念远，又像是自言自语。听着听着，代入感就出现了——

中国古代水墨画，那些严冬时节山顶上山腰上大片大片的留白，画家为云、为岚、为水、为气、为雪、为雨所作的留白，看着看着就入画境了。让人分不清那是画家给自己预留的心灵家园，还是画家给你预留的心灵天地。就像此时你也分不清陈奕迅哼着的是星月、大海、微风、细雨，是秋去春来、海棠花开、每条大鱼，还是他自己，还是你。

相遇，不是一张脸碰到一张脸，一个身影遇到一个身影，而是第一次彼此相视的那一瞬间，有认出对方的感觉，在此之前好像在哪里见过的感觉，甚至很早以前就已十分熟悉的感觉。就像《大鱼海棠》中，原本为鱼的椿，第一次和原本为人的鲲遇见的情形：

"我记得他的样子，我不知道他的样子。"

美国心理学家纳撒尼尔·布兰登说，这就是人的生命感。而任何一个亲密关系的生成，都是一种共有的生命感，人的相互吸引，最终在于彼此相同的生命感。

尽管很多人并不知晓什么是生命感，却有一种直觉很清晰：人与人之间就有那么一种不可思议的东西存在——

你和某个人、某几个人对于生存，对于在生存中各种关系的最深刻感受，以及情感的隐秘表达，都有惊人的相似和一致。

具体说起来那是什么呢，那是你和那人关于这个世界、关于生命、关于忧伤、关于自己等所有的总和。

用当下最网络的话说，就是三观高度一致，情怀几乎吻合。

— 2 —

可是，一个人活得好不好，纯粹是个人感觉，不能传达。而真正个体的感觉，不能复制，谁都不可以将自己活得好或者不好加给别人。

比如我们的父母，我们的家乡，我们爱吃的菜，老人讲过的故事，我们见过的风沙、山川、大海、月夜，巧遇过的山奔海立、风鸣树偃、幽谷大都、人物鱼鸟，都是我们各自幸福感的来源，怎么给得了别人呢？

所以，一个人认为的幸福、好，不一定就是别人的幸福或好。同样，一个人认为的痛苦、不好，不一定就是别人的痛苦或不好。也许谁都有活得不好的时候，但还得活下去，面带微笑。

如果说这就是悲观，走进那些记录古代皇帝内心的诗、书、画、文，就会看到他们也是悲观的，历朝历代有头脑有心肠的皇帝都如此。他们地位最高，地位高居于所有臣民之上，却也悲观到无可救药。

还有那些人类的智者，人类精神标识的树立者，也是一样悲观。就像天鹅飞在死胡同里，任是如何左冲右突，也难以破网而去入蓝天。他们最形而上，形而上地走在悲观里。

可是如果不悲观，人怎么知道明天会好，怎么去寻找希望？

而平常的生活，总是大众的，而非小众。小众永远都在那里，自己着。大众永远在那里，喧嚣着。

至于精神和心灵的电光火石，太难遇，那需要多少契机和条件。可见的，可感受的，可交融的，可通的，太难电光火石般相遇，太难了。

"我见青山多妩媚，料青山、见我应如是。"一个青山，为谁妩媚，别人怎能真的知晓？"料"，就连当事人自己，也只是一个猜想。

所以对别人，最好中观，不评判。

你在你里，你就那么你；我在我里，我才这么我；他在他里，他就那么他。

— 3 —

有时候，别人的真情，我们不喜欢，就成了矫情。别人的高度，如果我们未达到，就成了假装。

有人奋斗了十八年，是为了和另一群高处的人走在一起；有人奋斗了十八年，是为了不再和你我蹚在同一条浑水里。我们不是他，怎会知道他。

人，都想做自己的王，自我为王。没有人会真的对他人服输，纵然当下服输，也是暂时的；不服输，是骨子里的。

只是，有人不服输，是手指着走在前面的人说三道四，和别人较劲；有人不服输，是默然夜行和自己较劲，然后悄悄超越了自己，也超越了别人。

也总有一些人和另一些人，一群人和另一群人永远不能成为朋友。高度，不会一蹴而就；低洼，也不会一跌就成。

就连看上去拥有众多门徒和追随者的耶稣、老子、释迦牟尼，也都是那么孤独。他们执意要拯救世人，以学说、情怀、牺牲。但实际上他们何尝不是纯粹的单恋，以安静的方式，庄严的方式，热烈的方式。

有人执象而求的，是过后不留；有人执象而求的，是值得回眸。

有人看起来冷酷，是因为他们更接近真相。他们那种有裂痕、有伤疤、有虫洞，也色彩别致的样子，就是原木的样子。

而另一些人之所以以暖的形式给人温度，是知道真相之后，寂然无语轻抚你的头，把那原木做成了梳子送给人。

— 4 —

总有那么一些时候，我们会孤立在常人的视野之外，在只属于我们自己的世外桃源，抑或是我们自己的无边旷野——在我们彼此才懂的过去之外，在彼此微微一笑的未来之外，在别人介入不进去的当下之外。

纵然默默无言，也能感受到彼此有别人所不理解的自在舒服，所达不到的适度清醒，所无法得到的适度温润，以及只有我们才能感觉到的适度伤怀。

即便彼此未曾有过明确的道白，却能够清楚觉知那种懂得与怜惜，就像初雪时节，在西风中有片片雪花落地，落在房顶上、石头上、树梢上、枯草上，在大地上的一切一点点白了的时候，有一辆围着帘子的马车，伴着轻盈的铜铃声从雪地上走过。而车上是我们，在静悄悄奔向我们共同的山头。

又像是晚秋的一个下午，有个扎染蓝花布的身影一闪，在走向古城墙的小路上若隐若现。随后，另一个人竹杖芒鞋奔过去，陪着扎染蓝花布站在古墙上，无缘无故瞭望远方。似有历历长空，雁落平沙。

旁观者，也跟着一起仰头天空，却什么也没看见。

长空送鸟印，留幻与人灵。

一念　净心，
花　　开
遍　　　世界

14

2011 年 8 月 2 日
拍摄于新疆

　　生命中有很多不期而遇的相遇，和太多痴迷半痴迷的相随。

　　而正是这些相遇和相随，让人生之路按照我们想要的样子，从一段路顺汤顺水滑到另一段路上，花开一季，叶落在阳光里。

　　2012 年底 2013 年初之交有两三个月，因公常在京沪之间行走。

　　记得一个雪落的周五黄昏，在从京城奔往回沪机场的路上，正看着窗外的枯树和雪霰发呆，忽然从车子的收音机里听到了这首《空谷幽兰》，一下子就被它的歌词凝固了：

纵有红颜　　百生千劫
难消君心　　万古情愁
青峰之巅　　山外之山
晚霞寂照　　星夜无眠
如幻大千　　惊鸿一瞥
一曲终了　　悲欣交集
夕阳之间　　天外之天
梅花清幽　　独立春寒
红尘中　　你的无上清凉
寂静光明　　默默照耀世界
行如风　　如君一骑绝尘
空谷绝响　　至今谁在倾听
一念净心　　花开遍世界
每临绝境　　峰回路又转
但凭净信　　自在出乾坤

恰似如梦初醒　归途在眼前
行尽天涯　静默山水间
倾听晚风　拂柳笛声残
踏破芒鞋　烟雨任平生
慧行坚勇　究畅恒无极

那天，一向话就不多的司机张师傅格外沉默，一路几乎无话。

那样飘雪的时光，车子空调开得很高，最适合静静听歌。

窗外的风声，雪霰的敲车声，都不知不觉隐去了，成了虽在却若有若无的窗外背景，一如渐行渐远的以往岁月。

自那之后很长一段时间内，几乎每一次在路，去机场，待在候机大厅，飞在空中，耳机中流淌的，都是这首歌。

— 2 —

2013年底结束一年的京城工作回到上海后不久，有一天和几个好友喝茶闲聊时不经意间说起这首歌。

也许是当时喜欢它的样子很傻很呆，当时一哥们就当机立断令大家丢下喝了一半的茶，开车去他家听歌。

到了之后，大家直奔他家音响安放处宽大的书房里，那是一套天龙（DENON）AVR-X7200WA 家庭影院，9.2声道（9×260 W）4 K AV 功放机，可以支持杜比全景声，内置蓝牙 Wi-Fi，银色。

配着威武神音箱，黑色。同样黑色的，是麦景图低音炮。

《空谷幽兰》响起时，才知道自己平时所谓的听歌哪里算是听歌！

主音箱里是电吉他，环绕音箱里流淌着它特有的浪漫激情与苍凉悠远。

闭目倾听，仿佛雪落盖地的树林里，有枯枝铮然断裂。风悄然，掠过树梢，鸟儿扑腾翅膀，抖落几许树枝上的雪屑，噼噼剥剥。

远处，南山深处，孤僧正寂然饷茶，蓑衣芒鞋，烟霭缭绕之处，风雪越发激越，有一处两处雪崩将爆未爆。

纵然是电吉他，依然能听到似有吉他手修长的手指划过琴弦，如佛祖点化浪子与罪人的手。

整个曲调整饬优美为 ABC 三段式。先是大调式开端，用键盘做铺垫音；继之以吉他回响音色，如梭穿插其间；而后的副歌为小调，与大功率的电吉他和主旋律相映生辉。

其后许巍的歌声响起来了。

那只属于许巍一个人的声音：质朴，苍凉，如落月时分的旷野色迷，或者霜华满地五更鸡鸣的独自感伤；有败垒深栖碧草的隐遁喟叹，古台堕入青泥的凄然无奈，更有河流奔腾东海的一往无前，天近中原渐渐低的温暖自信。

结尾处，是长达两分半钟的 Solo。基调依旧是主旋律，却不断雀跃着电吉他演奏中的推弦、闷音、泛音、制音、滑音、颤音、点弦、摇把、切分音、刮弦、八分音连弹，最终在扫拨中抵达高潮收尾。

最让人动容的，还是其间时而起伏婉转滑出的笛子。

那是黄河远上白云间，一片孤城万仞山；是晴川历历汉阳树，芳草萋萋鹦鹉洲；也是苔枝缀玉，有翠禽小小；也是落日熔金，暮云合璧，人在何处……

低音炮这东西太有魔力，它总是很轻易地就唤醒人隐藏在心底最隐秘的渴望和向往，抚慰人灵魂里最深远的怅惘与迷茫，让人不经意间泪流满面，不知归路。

— 3 —

人总是通过音乐、文字、图片等和回忆、经历有关的东西获得不同灵光的吧。

生存与行走的种种沉重和太多疲倦，一天天积累起来，在心里安营扎寨后，连伤感忧郁也变成久违的奢侈了。

可是，本来盘桓于心中的东西，总会在类似美景美酒盛会的音响效果加热发酵之下，越发深刻悲凉起来。

日月常在，江山万古，每个生命个体都不过是时间长河中的匆匆过客，白驹过隙，转瞬即逝，是永恒世界里一场短暂的梦。

对命运的担忧，对死亡的恐惧，对生命的留恋，或隐或现，如影随形。谁人不是常常是清虚其外，烦乱其中？谁人不是旷达其外，忧愤其中？谁人不是潇洒其外，悲伤其中？

忧生之叹，放诞之狂，山水之寄，有多少不是在排遣人生的短暂，生命的脆弱，命运的难卜，祸福的无常，以及个人的无能为力？而各种各样的放达，不正是对这一人生悲剧性基调的补偿吗？

即便是令人仰慕的魏晋风流、魏晋风度，也大抵是那一群人抵抗压抑、张扬个性的特殊方式。

冯友兰先生曾有人生四境界说。

第一是自然境界：层次最低的人生境界。行乎其所不得不行，止乎其所不得不止，这是一种自然的、生物意义上的生活。

第二是功利境界：生活在这个境界中的人，对自己的行为已有清

一念净心，花开遍世界

楚的了解。但这种了解仅限于自身，为自己谋利是生活在功利境界中人的行为特征。

第三是道德境界：尽伦尽职是这一境界者的特征。所谓行义、为公是也。

第四是天地境界：这种人的行为已非停留在行义，而是事天。具有这一境界的人，对宇宙人生已有完全的了解，因此，它可以使人获得最大的意义，使人生具有最高价值。

"予以为，普通人大抵处于第一、二境界，孔子、孟子、墨子等人，属第三境界，而庄子是天地境界中人。这一境界中人凤毛麟角，一个原因是，普通人连生存都是极大的问题，根本不可能无视生存问题而去追求最高境界。"

— 4 —

可是，纵使是草根，一旦有点觉醒的意识，有谁甘愿麻木沉沦一辈子？谁不需要一个上帝来引导着去寻求意义？谁又可以真的能一直自己支撑自己？谁不需要他人来点拨开解？谁不需要别人来温暖自己？

写作者、作歌者、谱曲者、绘画者的使命，就是为寻访隐在雾霾中的空谷幽兰，呈给自己，也呈给别人。

而写文、作歌、谱曲、绘画，本身就是一种救赎。

在文字中、音乐中、绘画中，一次次登青峰之巅，达山外之山，看晚霞寂照，享星夜无眠，在醍醐灌顶中悟如幻大千，默然体察无以言传的悲欣交集，知天外有天，星外有明，在梅花清幽中独立春寒，安然一缕缕红尘里的无上清凉，坚信自有一种寂静光明默默照耀世界，踏破芒鞋行尽天涯路，然后在某个斜阳下倾听晚风拂柳笛声残，也是烟雨任平生了。

能如此，有些文字、有些歌、有些绘画、有些艺术，已变成一种甘甜美好的报偿。

而受惠者，首先是作者自己。

飘雨的日子，帘儿底下，听人笑语，听人歌声，远胜过香车宝马、酒朋诗侣。

一念净心，花开遍世界。

往　　事
如　　烟

15

2011 年 8 月 2 日
拍摄于新疆

闭门在家赶写一个课题的结项报告。才接手时就接到要求：必须月底交稿。

起居无时，饮食无序，不分昼夜，猫在书房里，写，写，写。

初稿出来的此刻，才觉疲惫不堪。起身，舒展一下，泡上一杯红茶，打开杰奎琳·杜普雷的大提琴曲《往事如烟》，循环播放。

玻璃杯中的红茶，把杯子浸成了深秋落叶一样的浅褐。几缕细细的茶水烟霭，氤氲着，恍如古代夜读墨客点燃了一炷檀香。一点点，一点点，氤满书房。

台灯的灯罩，在书桌上画出了一个温柔的椭圆，明亮，寂寞。

最能慰藉人心灵的音乐，不是各种各样的欢乐颂，而是满蕴伤感的悲情曲。当悲伤的曲调响起时，各种各样的爱怜和怀想，暖心和伤心，辉煌和悲凉，就会一齐奔涌出来，如潮水。

在听到这首《往事如烟》时，想到了杰奎琳·杜普雷这个英国天才大提琴家的生命之悲——

五岁，她就展现了过人的音乐禀赋。十一岁即赢得 the Suggia Award，成为全英国最受瞩目的演奏家。

纵然是天赐才华，也需要超出常人的努力。只因为，才华是刀刃，勤奋是磨刀石，很锋利的刀刃，若日久不用磨，也会生锈。所以杰奎琳在光环背后，是刻苦练琴。

十六岁开始职业生涯。因为才华与年龄之间的巨大落差，几乎倾倒所有知道她的人们。每一场，每一支曲子，她都是用生命在演奏，演奏着她对世界、对天地、对生活、对爱的理解和诠释，鲜有可与之匹敌的。

在这个世界上，才华冠群、品性出众的人，总会像一颗径寸的宝珠，无论在什么地方，也无论是什么年龄，人们都能看到其熠熠的光辉。

1967 年，她和阿根廷籍钢琴家巴伦博伊姆（Daniel Barenboim）结婚。杜普雷对他倾心付爱，从此两人共谱恋曲，多次合作过艾尔加的大提琴协奏曲。而他们合作灌录的许多唱片，都成为当时最常被人聆听与谈论的，为当时的古典乐坛留下一段令人羡慕的佳话。

在那段辉煌至极的岁月里，不论在生活还是音乐上，他们看上去都是最佳伴侣。她觉得，她和对方都是彼此的最佳合金。

— 3 —

可惜到了 1970 年，杜普雷的多发性硬化症迫使她不得不中断演出活动。1973 年，28 岁的她在伦敦最后一次公开登台。而后，挥手从此去。

绚烂的烟花逐渐散去，生命的本相开始显示出真面目。

此后杜普雷的生活中，慢慢就只剩下医师、护士和几个老朋友。

而与这种沉重的打击同步来临的，是巴伦博伊姆的渐行渐远。

一开始，他还能每隔一段时间来探望她。到巴伦博伊姆很快又在巴黎另组家庭之后，生活差不多就只有她一个人了。最后，她一个人慢慢在孤独中死去。

不知道，那是一种怎样的奇绝悲苦。

只记得后来人们在表现她一生的电影《她比烟花寂寞》（*Jackie and Hilary*）中，有过一段她和巴伦博伊姆的对白：

"如果我从此不会拉琴，你还会爱我吗？"

"不会拉琴，那就不会是你了。"巴伦博伊姆说。

看上去是所答非所问。细细琢磨，又是所答是所问。

人世间的爱，就是如此变幻莫测，能让人焕发无限光彩，又能如此催人变老，甚至催人至死。

爱有承诺吗？爱可以承诺吗？即便承诺了，又能算数吗？哪里又有长久和永远？

有人说，一个人若是找不到相知爱人，就永远不会找到内心的那个家园。

可是，谁能知道这样的家园最后几乎总是会荒芜的。荒芜到，伊人远去，只剩下你自己，每一天瞭望远方："谁与我游兮，吾谁与从。渺渺茫茫兮，归彼大荒。"

哪怕你聪颖深刻，一如冠绝当世的杰奎琳·杜普雷。

— 4 —

时间，对于每个人来说并没有什么不一样，都很重要。正是一分一秒，构成了我们的整个生命，没有多也没有少。而所谓的灵感，不过是沉下来思考后得出的感悟和提高。

女子的强大，不是美丽到精美绝伦的外表，而是内心。而强大的内心，常常是在失落、悲伤、打击和孤独后，很快宁静下来静观备受伤害后尚存的温暖和美好。内心的宁静和安详会治愈一切伤痛，把人搀扶到正常的路上，滋生出对过去的思索，对未来的希望，就像《往事如烟》所倾诉的一样。

巨大▭的
奔▭命，
忘却▭忧伤

16

2011 年 8 月 2 日
拍摄于新疆

周末。下午。几个好友在大学路"猫的天空之城"概念书店喝茶。

普洱，加进几朵白菊花。

遮阳伞下，斜阳草树。

闲散着，一搭没一搭说话。

云在天，风在耳。

说起那英的新作《有个爱你的人不容易》，上月底上映的电影《夏洛特烦恼》主题曲。

都说喜欢。没人说为何喜欢，似乎不言而喻。

多年来一直喜欢那英的嗓音，那种有着欧美黑人歌手的磁性和爆发力的嗓音。

循环模式听了数遍，柔婉，深情，像是听到一个年长的爱生活的人在劝勉。

但也仅仅是喜欢，没有那种深深被触动被叩击被敲打的痛感。

同为中年女歌手，这歌那英可以唱得行云流水、驾轻就熟，但是，它绝不会出自王菲之口。

那英聪明，有着一般女子所没有的灵动。率性，但也深知生活的世俗容颜。有阅历，深深爱过伤过，却也能在爱中自疗自愈。

她是坚韧的，也是世俗的，从她在诸如"中国好声音"等场景中的样子即可知。

王菲呢，一直孤傲得近乎绝世，不落人间烟火。敢爱敢别，敢于一旦决定之后，立即挥手从此去。至于世俗目光，她任人评说，走着自己的单行道。她只爱自己深爱的，只唱自己灵魂里飞动的。

那英，灵动；王菲，灵性。

那英是偶尔惆怅东栏一株雪，人生看得几清明；王菲则常常是沧海月明珠有泪，蓝田日暖玉生烟。

— 2 —

静静听那歌词：

你以为一切都是没选好，得到的和想要的对不上号。
你以为时间可以重来，换个人当主角，爱情就会天荒地老。
你不知世界上谁对你好，为了你她可以什么都不要。
不管你混得好不好，是否给她荣耀，她都愿意为你操劳，陪你到老。
有个爱你的人不容易，你怎能如此伤她的心！
她惦记的深爱的唯一的你，还不趁现在好好努力。
有个爱你的人不容易，你为何不去好好珍惜！
当错过了失去了忏悔的你，是否还能换回那颗善良的心。

怎么听，都觉得有些像邻家在里弄居委会工作的阿姨，在劝一个不懂事的孩子要对收养他养大他的领养妈妈好。哪里是在开导一份男女之爱？

情爱之爱，真正的爱，来与去，是可以劝勉留住的吗？是可以开导阻挡的吗？

— 3 —

哪里有恰好的爱呢？你爱的恰好也爱你，同在那一时，那一地，同在所有的以后。而且和你爱得一样深一样久。你停 ta 也停，你行 ta 也行，你驻足处 ta 也驻足，你飞翔处 ta 也振翅，你登到一个高处 ta 也到了。这等情形，哪里常有？

大凡人与人之间灵性的爱，都是欠缺感、异质感、同构感的产物，是追求升华、追求超越、涅槃自我的本质呈现。

大多数人所说的爱，不过是被爱、求爱，单向的，彼此之间极少建立过灵魂的对接感、链接感。

《创世记》里上帝说："那人独居不好，我要为他造一个配偶帮助他。"

帮助的意思，更指向于精神层面吧。

最好的伴侣，不是那个帮你扫地洗衣的人，做饭带孩子的人，买菜购物的人，而是心灵陪伴者，心声倾听者，共同成长者，是生死可托、灾难可依的亲密朋友，是可以拓展其路、削尽其烦冗、激励其不断登高的同行在旅者。

纵使你美貌如花，抑或玉树临风，都有可能在遭遇一个看似不起眼的心灵伴侣时败下阵来，呼啦啦大厦将倾。

而爱之悲，也常常在于你爱的不爱你，爱你的你不爱。有人把心掏你给，你装作没看见，因为那不是你的菜。而你掏心掏肺甚至不顾自尊想去呵护的人，却只给你冷脸。

一个好友说："人就是下作，爱就是爱，不爱就是不爱。对你爱的人，让你天天给 ta 洗脚你都心甘情愿。你不爱的人，即便是 ta 天天想给你洗脚你也不愿多看一眼。"

对不上号，卯榫错位，爱之殇多于此滥觞。

有的人，走过漫长一段路才发现当初没选好，你以为 ta 是你想要的却不是，而你舍弃的却是你该要的。你想换个人当主角，却发现时间已错过了。

有的人，你知道谁对你好，为了你 ta 可以什么都不要，但你就是不想要这份好。而那份好一路跟着你，也浸入着你，压得你快透不过气了。

有的人什么都有了，事业物质地位，就是没有想要的那个人。

有的人有过想要的那个人，却因故一时三刻错过了，打下江山后回头再去找，那人已心灰意冷回不来了。

爱，没有理由却实际上有无数个理由。说不出的理由一如说不出的爱，如高山如深涧，难以逾越，就那么在着，矗立着。

你可以因感动生怜生爱，但它不是那种原生态的你骨子里想要的爱。

它与教养、善良、美貌、帅气、地位、钱财、柔情、英气、才气、聪明、睿智有关，但又不仅仅是这些。

如果不爱，而你又不想让爱你的人伤心，你就得伤自己的心，咬牙隐忍一辈子。

你想呵护那个因为爱你而不容易，而你又不爱的人，你只好自己更不容易。

你不愿丢下那个你不爱的却善良的人，你就得独自扛着无法言说的痛苦穿行世间。

想起多年前好友梁建写过的那首《雨》了：

雨，落在脸上
连续中年的哭泣
破碎伞架，一点病句课堂
雨落在大地的肩膀

巨大的奔命，忘却忧伤

雨啊

落花我绝望

— 4 —

可是，这世间有多少人不是如此？

大凡深深关情的人之间，父母和儿女，兄弟姐妹，夫妻恋人，有多少人可以面对对方而真的云淡风轻、自在得意？

拥挤的街头，摩肩接踵的风景区，停停走走的公共汽车，飞驰电掣的地铁上，所有集散芸芸众生的地方，有多少人不是实际上的一个人？一个人上班，一个人下班，一个人出行，一个人开车，一个人忙碌，一个人发呆。有些看起来是两个人的，是一群人的，甚至携手迈步的，你看他们的神情，哪里有彼此的相连与对接？实际上都是一个人。

有些人看起来云淡风轻，看不到的心底却有不知道怎样的咬紧牙关与狼共舞。

有些人看起来如清晨小河流淌一样安然淡然，却是几多夜半枯坐与无声泪落。

孤独是永久的。大地不灭，人类的孤独不灭。

虽然热闹的波浪时常会在各人的日子里喧哗，而每个人的深处却永远是孤独。

原本如此。正因原本如此，遥望那些一个人的独处，有时就会莫名被某个素不相识的人感动，被自己感动。

其实不是被某个人感动、被自己感动，而是被漫漫人类长旅上作为一个类别的人，那些无声携手一起越过黑暗走过苍凉大地的某种共有状态所感动，一如飘雨的深夜，一个人走在无人的街头，雨打在脸上，随着雨水落满衣衫和肩膀，内心恣意滂沱。

破碎伞架，一点病句课堂。

雨落在大地的肩膀。

巨大的奔命，忘却忧伤。

生存之途本来就是每个生命的生僻路，思索者、力行者、不愿苟且者多孤独。拳拳一心，不倦求索，浸淫日久，方知人的孤独与爱都有某种神性，是寂寥，是修为，是悟道，是启示，是守候，是温润，是不求回声。

如果有回声，那只是一份发自内心的淡淡喜悦与微笑。

那就在破碎伞架下，安于修改一点病句的生之课堂，带着欣然享受属于自己的孤独，偶尔听一曲《有个爱你的人不容易》。

然后，蘸着些许苦涩些许甘甜，无声微笑。

千山□□外，
一轮
斜月□□□孤明

17

2008 年 10 月 14 日
拍摄于甘肃

─ 1 ─

看见一个人笑，会跟着一笑而过。看见一个人哭，却忍不住驻足，或为之久久怅惘：这是谁？怎么了？为何伤心？有无陪他的人？

大学时读《世说新语》，读到"伤逝"里记录的故事：王衍丧子，山简前往省之，见王衍悲不自胜，就道："孩抱中物，何至于此？"王衍说："圣人忘情，最下不及情，情之所钟，正在我辈。"山简闻言，慨然大恸。

那时太年轻，尚未能体会出其中深情。

而后又读刘鹗《老残游记》，在那自序里看到了同样的悲叹："哭泣也者，固人之所以成始终也。……盖哭泣者，灵性之现象也，有一份灵性即有一份伤泣，而际遇之顺逆不与焉。"

慢慢悟得，对王衍那一群生活在魏晋时代落寞失败的人间群像而言，对历经颠沛流离的刘鹗而言，哭泣是人灵性的展现，是对生命的普遍关怀。所谓"《离骚》为屈大夫之哭泣，《庄子》为蒙叟之哭泣，《史记》为太史公之哭泣，《草堂诗集》为杜工部之哭泣，李后主以词哭，八大山人以画哭，王实甫寄哭泣于《西厢》，曹雪芹寄哭泣于《红楼梦》"。

也许，正因为这份人间的爱，才使得变幻无常的人世有了意义。

虽然明白未经历过长夜痛哭的人，不足以语人生的道理，可还是不忍心看到伤痛哭泣的人。

深深知晓，别人的哭，别人的笑，之所以动我心，是因为作为人之同类，那人不过是笑一次我自己的笑，哭一次我自己的哭。

有一种吟唱，长歌当哭，远望当归，如张磊翻唱的这首《南山南》。

　　吉他这东西妙不可言，在歌唱里，在乐曲里，伴奏，合奏，独奏……它可以舒缓写意，隐泛田园原野，也可以银瓶乍破，一涧激水轰鸣；可以柔扬如云，含蓄如烟，也可以长河落日，大漠孤鸿；可以红豆生南国，春来发几枝，也可以本来无一物，何处惹尘埃。

　　张曇弹着吉他在那里低低唱，静静听。没有旋律的跌宕起伏，没有音高的绚烂高亢，也没有转音的华丽迂回，只是安如磐石地娓娓道来。那嗓音质朴而沧桑，宁静而辽远，似是无法回归故乡的绝望无奈，又似伤后不得不滞留异土的扣人心扉，方知道有一种旧伤欲哭无泪，有一种过哀一默如雷，只在心底无声无息：

　　　　你在南方的艳阳里大雪纷飞
　　　　我在北方的寒夜里四季如春
　　　　如果天黑之前来得及
　　　　我要忘了你的眼睛
　　　　穷极一生　做不完一场梦
　　　　他不再和谁谈论相逢的孤岛
　　　　因为心里早已荒无人烟
　　　　他的心里再装不下一个家
　　　　做一个只对自己说谎的哑巴
　　　　他说你任何为人称道的美丽
　　　　不及他第一次遇见你
　　　　时光苟延残喘　无可奈何
　　　　如果所有土地连在一起

走上一生　只为拥抱你

喝醉了他的梦　晚安

你在南方的艳阳里大雪纷飞

我在北方的寒夜里四季如春

如果天黑之前来得及

我要忘了你的眼睛

穷极一生　做不完一场梦

大梦初醒　荒唐了一生

南山南　北秋悲

南山有谷堆

南风喃　北海北

北海有墓碑

南山南　北秋悲

南山有谷堆

南风喃　北海北

北海有墓碑

北海有墓碑

　　莎翁曾这般论情爱："这里没有仇雠。只是天气寒冷一点，风剧烈一点。"

　　岂止是情爱世界，整个生存天地也一样吧。

　　或困居闾里，夜半弹鸣琴，或异乡倦旅，琴剑空随身，谁人不是独行客？如花美眷，功名富贵，哪一样不让人伤痕累累？李杜尚飘零，陶潜亦悲辛。

　　繁华、惊艳、潮声、远梦，当初引着我们为之癫狂，为之奔波，为之一往无前，甚至鱼死网破，但是有一天待再回头时，却看到它们已化为飞灰了。

曾经有多少个暗夜，多少个雨天，荒野独行，只为去听那隐约在自己之外，也分明在自己之内的五月的潮声。皎然，又寂然。

几番疾风啸吟发梢，也许极少人间四月天，更多的是岁月沉着脸。天外是有天，可那是别人的天。云外也有云，但都是乌云。

行到水穷处，或许才发现，并不是山岩间都有泉源，并不是泉水都能聚成一池，并不是池水都起涟漪。

而曾流连徘徊的玫瑰，又黑又瘦。惊喜相窥之后，也许是一失足便成千古。

昨日是积雪，心成了积雪下长不高也死不了的秋草。

于是铸永夜为秋，铸永夜为冬，不再向往冰雪消融。泪已散尽，滴滴泪珠都幻化成一株白莲。

而后，把白莲做成一个大大的纽扣，缀在黑色的宽大衣衫上。

— 3 —

廖一梅编剧的话剧《柔软》里，有一句台词令人印象深刻："每个人都很孤独。在我们的一生中，遇到爱，遇到性，都不稀罕，稀罕的是遇到了解。"

张爱玲之爱胡兰成，之所以那么惨烈，惨烈到离开胡兰成之后她再也没有了创作上的绚烂，是因为她其实爱上的是一份理解。

看胡兰成写评张爱玲的文章，就是钟子期遇俞伯牙，白居易遇刘禹锡，纳兰性德遇顾贞观。没有人比他更懂她，灵性，天赋，才华。她贵族家庭出生的高贵，她童年不幸的烙印，她的厌世更爱世，他都懂。

在这深夜里伴着万物的幽明静静谛听这首《南山南》，听它的千岁一日，咫尺万里。可最终听到的只有沉默。

在虚空中无语，在无语中虚空。它，我相信我懂。

宗教的情操，让人纯净；哲学的风度，让人高蹈；艺术的姿态，让人在洒脱中安静。

有的歌，就是森林深处的小木屋，在遭遇风暴雨雪天气的时候，进屋去避一避，坐一会，喝杯热热的普洱。

它不是给人一个怎样生存于世的彼方世界、此方现状，比如现实多残酷、理想多美好，而是要人在残酷世界中持有一种怎样的精神、情怀和沉静。

一个人一生怎能待在一个地方不去看世界呢？怎能原地踏步不去涉足那些灵动雀跃的灵魂呢？怎能不跨越山河的阻隔和岁月的距离，去浸染一点水墨丹青呢？怎能不在雨夜倾听一曲哀而不伤的歌，如《南山南》呢？

台风杜鹃来了。窗外正雨。

寒烟外，低回明灭。

透过薄薄的雨幔，千山外，一轮斜月孤明。

暮冬　　　时
烤　雪，　　　　　18
迟夏　　　写长信

2010 年 2 月 4 日
拍摄于瑞士

　　有一种歌，你喜欢它爱它，惊鸿一瞥的那种喜欢那种爱，往往是因为你第一次听的瞬间，它的声音、它的歌词一下子触动了你诗化记忆的按钮，倾泻而出的东西随之把你淹没了。

　　这个周六的上午，把家里清洁一新后，正坐在阳光斜照的沙发上喝茶翻闲书，有好友从微信里发来陈鸿宇的《途中》："这歌最近一直在听。你多听几遍，它哀而不伤，空旷辽远。和《南山南》对着听，期待你能写出来。"

　　这个好友对音乐总是有不同寻常的感受，每次发来的歌与曲，都是深深触动伊且深深流连的。

　　凡精神层面的分享，都是带有私密性共振的意味，只有在彼此可以建立通道的人之间才能进行。

　　年少时不知其中奥秘，不知"可与言而不与之言，失人；不可与之言而与之言，失言"的真谛，有时会不看对象不分情境地把自己喜欢、自己钟情的东西说给别人。只有到了一定年龄，且具备一定阅历之后，才会明了分享中深刻的边界意识，其中的自尊与尊人，自懂与懂人。

　　同时，也明白我们分享给别人的各种东西，一首歌，一件礼物，一幅画，一本书，一封信，都不过是标志物，背后传递的是情感和领悟。

　　而其中的一些分享，具有唯一性，只给谁，只给某个人。你知道那人懂，和你一样懂。

　　就是有那么一些时候，天是黯淡的，路是黯淡的，大地是黯淡的，楼宇是黯淡的，花鸟虫鱼也都失了色。你却记得总会有人和你一样，和你一起从黯淡中走出来，穿着青花瓷缝制的衣裳。

— 2 —

戴上 Marley 耳机，打开歌，陈鸿宇那极富磁性的声音一下子铺天盖地漫下来，低沉，安然，内敛。类似赵鹏，却又比赵鹏多了一份激情和穿透的那种接纳、包容、腾空，如道白，如自语，如一个人的禅定：

夕沉下　的飞鸟　影子多细长
夜宿在　某山口　雾气湿衣裳
挎壶酒　给荒野　饮酌那秋黄
不吁然　不吟唱　只拾掇行囊
趟出这片枯寂　就趟过生长
遇见风起水浪　就遇过虚妄
忍住顷刻回望　就忍过恓惶
一如年少模样　日升抑或潮涨
痛彻抑或善忘　你要去的地方
四野细雨春芒　太轻　太急　恓惶
听街声　闻世况　或走俗寻常
经戈壁　过断桥　塌落泥土香
递根烟　给路客　解乏这星光
茧磨在　鞋跟上　无所谓远方
趟出这片枯寂　就趟过生长
遇见风起水浪　就遇过虚妄

忍住顷刻回望　就忍过恓惶

一如年少模样　苦旅抑或迷香

欢喜抑或坠亡　你要去的地方

遗情处有诗章　更行　更远　还唱

沿途避走齐脖的深草　和滚落衰亡的陡坡

给蹭过车的老司机递烟解乏

不惦记竹筒盛雨露的事儿

你要爱荒野上的风声

胜过爱贫穷和思考

暮冬时烤雪　迟夏写长信

早春不过一棵树

　　耳机建构的立体声流淌世界，把一直深藏在无意识深处的一连串人在旅途的意象凸现出来——

　　夕沉、飞鸟、影子、夜宿、山口、雾气、壶酒、荒野、秋黄、行囊、风起、水浪、日升、潮涨、四野、细雨、春芒、街声、世况、戈壁、断桥、泥土、烟卷、路客、星光、茧、鞋跟、远方、深草、陡坡、竹筒、暮冬、白雪、长信、早春、树。

　　随之，这一生旅途中所经历的种种情怀，诸如枯寂、虚妄、恓惶、伤怀、痛苦、隐忍、痴迷、欢喜、浅念、温馨等，也在陈鸿宇那极其男性的声音里一点点被打捞起来。

　　一下子想起 2006 年仲春时节一个傍晚，自己坐在美国南加州海边的情形——风很大，有点凉，面前是无边的大海，身边是辽阔的沙滩，四下里没有一个人。

　　酡红的夕阳一点点下沉，涂满了惨淡和哀伤。空中，黑白衣着的一群群海鸥翩然起飞，时而冲向水面，时而高飞俯瞰。远处的大海上，隐隐约约有一叶白帆向岸边驶来，不知何时才可以抵达。

高天，凉风，阔海，沙滩，海鸥，归船，一下子孤立了渺小的异乡客，莫名的恓惶顷刻淹没了我——每一个自己向往和抵达的远方也许并没有什么特别，梦想只能停留在梦想，奔过去会发现它和我们的所在地一样，你依然是你，孤独走着，坐着，看着，想着。

也许是特定情境下的特定情怀，就是那个黄昏，领悟到了我们人生中很多时候都是一个人，天地之辽远，个体之渺小，夕阳之惨淡，归途之漫漫，会在某个不经意的时空里让每个向着远方独行的游子醍醐灌顶——走到哪里都是独行客，孤单在人群里，也孤单在杳然无人处。

是谁在古老的虚无里撒下第一把情种，引得我们一次次上路，去寻找，去流浪，去朝拜，去旅行？

而所谓相遇，就是瞬间我们看到星光一闪，一个人，一种情感，一种人类共有的体验和感悟，跨越山河、跨越岁月款款向你走来，沿着月下森林的那人迹罕至的幽静，从此和我们一起废除编年，对抗时间，一直永在。

风在空中吹，叶在树上绿，稻谷在抽穗，杂草也在田埂上结它的种子。就这样彼此相对着，或者并肩而立着，不说话也不携手，就已足够美好。

— 3 —

比喻具有勾魂摄魄的魔力。没有比喻就没有了诗性。
有时候对一个人、一个场景、一本书的爱，就肇始于一个比喻。

比如失乐园、麦田守望者、萌芽、红与黑，比如一个人对你说 ta 决意与你海枯石烂、地老天荒。

《途中》吟唱的夕沉、飞鸟、影子、夜宿、山口、雾气、壶酒、荒野、秋黄、行囊、风起、水浪、日升、潮涨、四野、细雨、春芒、街声、世况、戈壁、断桥、泥土、烟卷、路客、星光、茧、鞋跟、远方、深草、陡坡、竹筒、暮冬、白雪、长信、早春、树，是实景实况，每个出门远行甚至在家的人都会遇到。从童年开始的整个感性生活，所有人一生中的所见、所闻、所感，都有它们在。

但它们又不只是实景实况，一次早春送别的夕阳西下，一个独处深秋的雁过寒塘，一晚边陲客栈的薄酒自酌，一段无边荒野的慌张失路，一夜严冬的绵密大雪，一空仲夏的满天繁星……都会隐进我们目光不能透入的情感深处，烙印落款。

它们看似是一个个独立的物象，可是连在一起，已成了岁月流年，世界，万物，顺境，逆境，荒凉，坎坷，孤独，慰藉，相遇，彷徨，他人，障碍，活力，坚韧，知音，乃是涵盖了几乎所有形而上精神层面的喻指。

活着，就是一次漫长的人在途中，有来无回的在途中，我们要找到自我，不迷失自我，一直走在自己的道上，就得负重努力，时刻辨别哪是自己的方向、自己的路。特别是在歧路路口，就要静静在原地站那么一会儿，辨识未来该向何处走。

一切都将成为灰烬，而灰烬又孕育着一切。

趟出一片片枯寂，就趟过一次次生长。遭遇一个个的风起水浪，也就遭遇和领悟了虚妄。忍住一回又一回的犹豫回望，挺住了不后退、不委顿，就忍过了软弱和恓惶。其实青春不只是年龄，更是风雨侵蚀不了、磨折击打不倒的少年心。

即使沿途处处可见迷雾、断崖、荒野，还是要继续向着远方走。

即使潮涨漫江，渡口渺茫，还是要到对岸去。

即使竹杖芒鞋拨不开荆棘挡路，血染衣衫，还是要劈开一条险径攀缘而上。

即使大雪封山，信使一时半时出不了门，还是要书写长长的信，寄给等我们的人。

即使眼前的戈壁叹枯树遍野，还要植树造林，等待来春发芽长叶。

即使独行千里万里只为浪迹放逐自己，也还有半路上让我们搭车捎一程的好心人。

只因为，一直在路，一直走在生活生存生命的路上，就是每个人从出生那天起与生俱来的宿命。

"命运不是风，来回吹，命运是大地，走到哪你都在命运中。"顾城说。

既然如此，那就尽情向着一个个前方出发，或放浪形骸，或恣情山水，走尽天下山川，穷览世界朔漠，看山奔海立，观沙起雷行，听风鸣树偃，临幽谷大都，赏人物鱼鸟，领略一切可叹可惊可愕之状，陶然我胸中勃然不可磨灭之气，磨砺我渐行渐远、渐行渐坚的意志。

一路上，一步步习惯于独自听激水鸣峡，看草种出土，聆乌鸦夜哭，观羁人寒泣。既然独自行走注定是每个人一生的实况，那就让风雪归我，孤寂归我，在我归于大地之前。

不吁然，不吟唱，只一次次拾掇行囊。

记录喜怒哀乐的毛边纸还在，但纸上的字迹已模糊，因为太远的缘故。

至于一生是精彩纷呈还是平淡无光，有何得有何失，成功还是失败，有无华彩乐章，都不重要。

　　能够一路走到今天，走到我们与世界、我们与他人疏远着又亲近着，距离着又聚首着，抗拒着又归依着，回望着又向前着，相依着又相对着，爱着荒野上的风声，胜过爱贫穷和思考，暮冬时烤雪，迟夏写长信，在深情中忘情，在忘情中深情，如一棵树，圆融而坚定，沉默如天边的晚霞，这就够了。

让━━━━一株草
顶
一颗━━━━露珠

19

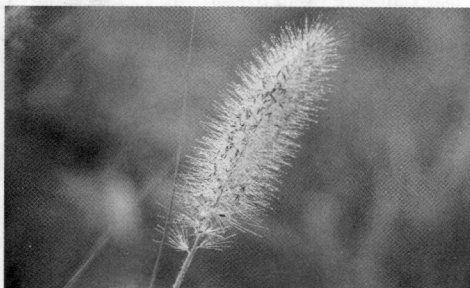

2008 年 8 月 27 日
拍摄于郊外

— 1 —

在现代流行音乐史上，20 世纪 80 年代具有一种转折意义：由于进一步与电视传播和影像带工业相结合，流行音乐 MTV 化和 MV 化，从而在世界范围内获得大发展。

当下全球的流行音乐之所以具有世界性和娱乐性，主要是通过 MTV 实现的。MTV 的普及化和流行化使流行音乐获得更大的传播力、接受空间和影响力。无所不能的 MTV 不仅改变了人们听流行音乐的方式，而且渗透到电影、时尚领域。据此，人们甚至将年轻人称为"MTV 一代"。

MTV 和 MV 对流行音乐最大的贡献，就在于使得流行音乐不仅好听且好看了。正是在此背景上，美国巨星迈克尔·杰克逊和麦当娜，才把流行音乐推到了前所未有的高度。

进入 21 世纪之交的流行音乐歌星们，比迈克尔·杰克逊和麦当娜更能进一步借助这些音乐媒介。为了增加其音乐的影响力和音乐自身的娱乐性，他们往往不惜在 MTV 录影带制作上花费更多的金钱，追求各种情调、气势，甚至调用各种唯美和先锋艺术的风格。

MTV 化的流行音乐追求的是让短短几分钟的 MTV 更像一部史诗性、唯美化或先锋派电影片段，他们要让听众在欣赏音乐的同时得到视觉冲击或享受，即既好听又好看。

— 2 —

《老鹰之歌》有很多版本，有班得瑞版、押尾桑版、秘鲁原版、欧美版、保罗西欧版、中国版。各种版本中最著名的是保罗·西蒙演奏的。

但是，近年来深受青少年欢迎的却是排箫长笛演奏家利奥·罗哈斯（Juan Leonardo Santillia Rojas）演奏的。

利奥·罗哈斯于 1984 年出生在厄瓜多尔。2000 年搬到西班牙，之后到德国柏林。他经常在街头表演，是典型的流浪歌手，无声无名。直到有一天他偶然知道了才艺表演节目，他作为一名选手参加了节目的第五个赛季，成功地到了半决赛。他在 2011 年赢得了德国"达人秀"冠军，从此声名鹊起，享誉全世界。而当时他演奏的就是这首《老鹰之歌》。

为此，他在 2012 年 2 月 7 日发行首张排箫专辑《鹰的精神》（*Spirit of the Hawk*），在德国音乐排行榜上一直居高不下。

— 3 —

《老鹰之歌》（*El Condor Pasa*）原本是一首反抗西班牙殖民者的秘鲁民歌，后被保罗·西蒙改编，用英文翻唱。原版据传是基于秘鲁战士 Tupac Amaro 的故事。

1780 年，他在领导一场反抗西班牙人的战斗中被害，死后变成一只 Condor，永远翱翔于安第斯山上。秘鲁人民借此体现对自由的追求不息，而歌名的直译就是"雄鹰在飞"。

这首歌最早出自秘鲁民俗音乐家丹尼尔·阿罗密亚斯·罗布列斯之手，1956 年首先被艾多·阿德法尔以吉他独奏的方式发表。

1965 年，欧洲著名的"印加民俗乐团"再度灌录此曲，恰巧被到巴黎旅行的保罗·西蒙听到，保罗·西蒙相当喜欢这首曲子，一时兴起填上英文歌词，后来回到美国后出版成唱片。

而后，著名瑞士乐团班得瑞（Bandari）也在专辑《寂静山林》（*Silence with Sound from Nature*）中重新演绎了这首乐曲：

I'd rather be a sparrow than a snail

Yes I would, if I could, I surely would

I'd rather be a hammer than a nail

Yes I would, if I only could, I surely would

Away, I'd rather sail away

Like a swan that's here and gone

A man gets tied up to the ground

He gives the world its saddest sound

I'd rather be a forest than a street

Yes I would, if I could, I surely would

I'd rather feel the earth beneath my feet

Yes I would, if I only could, I surely would

……

— 4 —

在此之前的《老鹰之歌》，原本就以悠远、神秘的旋律，古朴、独特的安第斯山区民族乐器编曲，构成一种现代文明社会少有的别样神秘，而令无数人对南美印第安文化心驰神往。

不知有多少个安静的夜晚，一遍遍听各种版本的《老鹰之歌》，沉思，冥想，发呆，让心中的老鹰在看不见的星空中缓缓飞翔。

利奥·罗哈斯演奏的这个排箫版MV，一如其他成功的MV一样，集美轮美奂的场景、演奏、个性化舞蹈于一身，充分体现声、光、化、景的效应，加之以劲健、有力、苍茫的秘鲁土著人造型形象，在一种近乎即兴发挥的挥洒中，创造并引发出与观看者之间看不见的激情欢腾，催发观看者欲随之狂歌劲舞的氛围感。

在此氛围下，这首《老鹰之歌》不仅仅是一种可以唤起人共鸣的音乐形式，是一种不可思议的舞蹈艺术、视听艺术，更是一个引人着迷的宁静、深邃、高远境界，让人心境明澈，又激情飞扬。

同时，由于它融汇了浓郁的安第斯民族音乐特色，奔放不羁的歌词，它便具有了唤醒观看者隐含在生命深处的认同感、反抗精神的引导效应。

— 5 —

法国一个思想家说过：反抗，是每个人面对社会时最舒服的姿态。

是不是每个人生命里都有桀骜不驯的一面？是不是每个人一生中实际上都要在各种形式的反抗中度过？

反抗自己，自己与自己战斗，不断战胜自我，在某种对自我的不断否定中提升和前行。

反抗对手——压迫者，欺辱者，敌对者，在一次次进攻和抵御中树立自我。

反抗权威——这个权威也许是父母，也许是老师，也许是上级，也许是某些方面功成名就的其他人，在抗击敌手和推翻权威中以实际行动说"不"！

反抗世界——当我们追求独立，而又难以保持自我与世界的平衡时，有时会忘记自己和环境的相互依存，去和天斗、和地斗、和社会斗，一个人和全世界在无形中作战。

这些，是不是许多人喜欢、甚至迷恋《老鹰之歌》的潜在因素？

— 6 —

此时已深夜如兰，窗外是蟋蟀劲健的欢唱，偶尔夹进一声远处受惊的蝉鸣。

停播了利奥·罗哈斯演奏的ＭＶ，凝神倾听，耳边似有周梦蝶淡远舒缓的言说：

上帝给兀鹰以铁翼、锐爪、钩、深目
给常春藤以袅娜、缠绵与执拗
给太阳一盏无尽灯
给山以磊落
给云以奇奥
给雷以刚果
给蝴蝶以温馨与哀愁
让一株草顶一颗露珠

一窗　暖阳，
一声　　念安

20

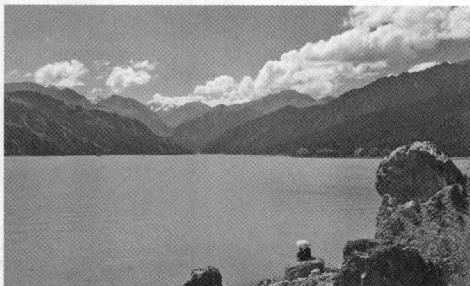

2008 年 7 月 31 日
拍摄于三亚

每个人的心里都有一团火。

绝大多数人（万分之九千九百九十九），只看到烟。如地平线那边斜阳留照的几抹余红，似远望中冬日湖面的枯萎残荷，若有若无。

但总有人，总有那么几个人能看到这团火，然后走过来，默默却坚定地等这个人燃烧，陪这个人一起。

那时，我们在人群中看到那团火，然后快步走过去，生怕慢一点这个人就会被淹没在岁月的尘埃里。

然后，一起走，在路上。

也许那时候我们正在看《梵高传》，在一片草地上。那是个闲散的周末，天上有云，空中有风。我们在看梵高，走在梵高作品的索桥上，向远处望，想看到梵高的心灵，他的梦，他的星空。

这就是陈宁《最远的你是我最近的爱》这支歌为很多人喜欢的原因吧。

夜已沉默　心事向谁说
不肯回头　所有的爱都错过
别笑我懦弱　我始终不能猜透
为何人生淡漠
风雨之后　无所谓拥有
萍水相逢　你却给我那么多
你挡住寒冬　温暖只保留给我
风霜寂寞　凋落　在你怀中
人生风景在游走

每当孤独我回首

你的爱总在不远地方等着我

岁月如流在穿梭

喜怒哀乐我深锁

只因有你在天涯尽头等着我

……

— 2 —

常常倾听，听人说话，听风声雨声，听鸟叫蛙鸣，听大自然的各种声音。

人与人，人与自然，真正的开始，都是从倾听出发的。

倾听声音，文字，其他。也倾听沉默。

当然也会叙说。

说内心深处对世事人事的真实感受。喜怒哀乐，爱恨情仇，衣食住行。

无论积极消极，无论好坏，无论是否合理，无论疼痛还是欢乐。不用任何修饰，尽情地叙说。

由结结巴巴，到流畅如河。

— 3 —

一天天地，慢慢共有了太阳、春草、麦田、树。

其实不是共有了太阳、春草、麦田、树，而是借由太阳、春草、麦田、树而共有的对人和世界的目光、角度和感受。

也许根本就没有什么东西可以不朽，唯一不朽的，是对人和世界的目光、角度和感受。

总会有优秀的人让我们越来越相信活着首先是艰辛、无奈、孤独、失望、疼痛，是坚韧、毅力、永不止息，然后才是收获、愉快、欢歌。

而人之为人，就在于灵魂一角可以砌起牢固的壁炉，一年四季常年燃烧，供自己取暖也供人来取暖。

— 4 —

一起走过的日子，就是一本福音书。

春风风人，夏雨雨人。

那些彼此的渗透与浸染，就是一次次革命。各自背离过去，让自己涅槃也让对方涅槃，变得越来越好。

许多暗夜，窗外天空的那颗星星，照得大地比白天还亮。

有释迦牟尼的温暖，耶稣的慈悲，也有观音的柔韧。

— 5 —

一切都不会远去。

我们，和那些激励我们前行的人，彼此相依，又各自独立，彼此相望，又各扬其水。

何须惆怅，为时光的距离，为天涯海角。

一窗暖阳，一声念安，已足够。

夜阑
灯坐暗

21

2015 年 2 月 6 日
拍摄于前往巴黎的路上

清晰记得，2008年2月2日，上海大舞台。在一个靠前的座位上，我注视着台上的维塔斯（Vitas）。

那是第一次听他的音乐会。那场演唱会的主题叫"回家"。

记得那晚他演唱的曲目有《拉美莫尔的露琪亚》《歌剧1》《灵魂》《第七元素》《俄罗斯岸边》《我心爱的祖国》《三匹白马》《莫斯科郊外的晚上》《友谊之歌》《牙买加》《鹤之泣》等，最后一首是《歌剧2》。

感受他的"五个八度海豚音"，真声假声的交替错位。时而低吟如微风，时而高飙冲云霄；时而银瓶乍破，时而刀枪和鸣；时而儿童，时而少女，时而青年，时而老人。

低吟处，如喁喁小儿女，柔曼天地；高飙处，如飘飘天外客，雌雄难辨。清澈，通透，纯净，清丽，圣洁，灵动。从高音、滑音、跳音，到低音、修饰音，上穷碧落下黄泉，彼此的跨越与勾连皆天衣无缝、浑然天成。

高瘦的身材，倜傥的外表，挥洒的动作，含蓄的微笑，优雅的衣饰，迷离的眼神，撩人的舞姿，如同他跨越八个音域的声音一样匪夷所思，带我进入一个太空无人区。

这场景仿佛是昨天，却已过去了十年。

夜阑人静，在仿佛全世界都睡着的时刻，戴着耳麦，一遍遍听维塔斯的《星星》。

有的歌适合白天听，有的歌则只能深夜听；就像有的书适合白天看，有的书只能晚上读；有的人可以白天探望，有的人只能深夜怀想。

听维塔斯，最好是独自一人的深夜，戴上耳麦，坐地毯上，背靠柔软的靠垫。

外面有雨，小窗半开，寂静在四下里蔓延。一阵阵风带着雨星挤进房间来，混合着泥土、花草、树叶的芬芳。

《星星》在流淌，调暗了台灯，瞑目冥想，就像文天祥独在某个雪后初晴的夜晚，夜阑灯坐暗，独自拨残灰。

但觉得，年光如箭而去，世事正在轮回。

—— 3 ——

《星星》有很长很长的前奏，就像在铺叙深夜北京的长安街，人迹罕有，行车极少；或者长安街一般的生之寂寞，生之杳了。

只有伴奏和轻轻哼唱，有声无词，弦弦顿挫，声声情深，是情到深处的无言感慨，也是悄然瞭望的孤独无奈，一默如雷。

随后维塔斯的吟唱如天外飞来，从容又坚韧、蜿蜒又苍劲地句句铺开：

多少次的我，问我自己：
为何我降生于世，长大成人？
为何云层流动，天空下雨？

我是谁？我从哪里来？将往何处去？自有人类的那天起，无时无刻不纠结在寂寞圣哲心上，闪烁在精神追问生死追问的长河里。此是问天，亦是天问；是惆怅徘徊，亦是纠结迷惘。

紧接其后，是维塔斯几近痛彻心扉的自问自答、自言自语：

在这世上，别为自己期盼什么。
我想飞上云际，但却没有翅膀。
那遥远的星光深深地吸引着我，
但要接触那星星却如此艰难，尽管它近在咫尺。
也不知道，我有没有足够的力量能朝它奔去。
我会稍作停留，然后开始上路，
跟随着希望与梦想。
不要熄灭，我的星星，请等我！
在我前面还有多少路要走？
有多少山峰要去翻越为了寻找自己？
我又将多少次跌下悬崖？
一切又从零开始而这些是否会有意义？
我会稍作等待，然后开始上路，
跟随着希望与梦想。
不要熄灭，我的星星，请等我！

低回是短暂的，惆然之后、凤凰涅槃之后的自我认定和断然向前，无怨无悔。一如李白的慨然——长风破浪会有时，直挂云帆济沧海！

最销魂处，也最维塔斯处，是两次唱到"我会稍作等待，然后开始上路"那一句时的突然高飙——

高飙，很多歌手都会，猫王、麦当娜、迈克尔·杰克逊、张雨生、窦唯、李玉刚。

但此时维塔斯的高飙，不是那种枪弹出膛的呼啸和直刺苍穹的凌厉，而是柔中带刚的坚韧，百折不挠的定力。

有迷惘却不沉迷，有痛苦却不放纵，有压抑却不凝滞，明知前方荆棘处处、障碍重重，依然无怨无悔甚至披枷戴锁踏上追月逐星路。

每一次听到维塔斯这样的高飙，都觉得它有一种浑然天成的雌雄难辨的美。

张雨生、窦唯、李玉刚的歌声中偶尔也会有同样雌雄难辨的味道，超越性别，至柔至刚，至韧至坚，似女娲伏羲同体合一的相糅，蒙娜丽莎如母如父的微笑，听得人心都颤了、碎了、醉了。

悠悠天地，茫茫世界，有些人天生就有着与众不同的天赋和潜质，在相遇的每一瞬，如灵光乍现，激活人性中最深最隐秘的部分，引领着人的灵魂不知不觉跟着走。

— 4 —

从 2008 年 2 月 2 日第一次听维塔斯至今已是十年。

那时对维塔斯，对世事人事，尚停留在听其声、观其容、感其笑、爱其美层面。

常常会在听维塔斯歌的时候，久久注视他的舞台形象、迷人表情、帅帅风度。慢慢地，一点点转移到他歌唱的生命哲学、灵性光华、天赋悟性。转折的契机，是那一次看到关于他母亲去世的报道：

2003 年，维塔斯因母亲骤然辞世而几近崩溃。他一下子远离舞台抛下创作，一个人专程跑到中国西藏，恍若隔世一样把自己封闭起来。每一天每一天，他在青灯下、蒲团上，倾听僧人诵经声、木鱼声，日夜无声无息地独自疗伤。

重返舞台后，他创作了专辑《我母亲的歌》，整个专辑以《奉献》为代表在婉转空灵中尽情呈现对母爱的赞美。同时，他的舞台风格及服装，也从之前的张扬艳丽，一下子转向庄重肃穆、绵延情深。而行为轨迹上，更加深居简出、安静低调，静守在自己的精神与生活世界。

为爱痴狂者，不少见，但绝大多数仅限于男欢女爱，且生物性的肾上腺素飙升所致者居多。因为慈母的突然去世而痛到伤筋动骨者，太少太少。这样的人，都是我心中的别样圣者。

不只是对维塔斯。

十年后的今天，对人对事的观照已截然不同。不再会为一个人的外在，而轻易肯定或否定他的灵魂和思想；也不再会为一个人深夜灵魂之舞，而轻易判定他是否一步步在岁月中修行。

有些感悟和体验，不到中年不会有，不经世事也不会有。

记得读书时有一次听叶舒宪教授讲神秘数字九，洋洋洒洒他讲了整整八节课。听者，都如醉如痴。自那时起，我对九以及关于九的一切，都会情不自禁地暗暗琢磨、悄然思索。

据说人的细胞平均七年完成一次整体新陈代谢。生物系统中的人，前半阶段就是以七年为一个小小轮回，而呈螺旋状上升趋势到中年的吧？然后再继续呈螺旋状下降趋势，以七年为一个小小轮回慢慢到老，再到寂然离世的吧？人生有所谓"七年之痒"，也应该有"七年之坚"吧？走过七年之痒的友情、爱情、婚姻，乃至一切无法清晰界定的亲密关系，一切无法明确归类的目标与成就之途，一切无法厘清阐明的生存感悟，都会历久弥坚吧？

十，超越七之上。而人生，能有多少个十年？

— 5 —

偶尔有那么一下独在安宁的时候，还会看维塔斯的照片，琢磨他少有的天才。

一开始出道的维塔斯那么年轻，常常光头，目光炯炯，时而有夺人魂魄的笑，帅得不得了。

后来那光头上留了头发，但发型怪怪的，不适合他，连带得眼睛也显得不那么迷人了，缺了深沉，添了傲气。

再后来呢，维塔斯胖了，原本瘦削的瓜子脸大了整整一圈半，胡须也懒得剃了，笑起来也有了中年人的沉重和混沌，有时还会把他的牙齿大面积露出来。呵呵，觉得他简直有点"猥琐"了，那么一点点、一点点的"猥琐"。

人不可胖啊，再老也不可。况且他年华正好。

木心说胖女子穿上花衣服，那花朵儿也跟着胖起来了。

胖不只是一种体态，还有虚而不实的内里气韵。胖的背后大多是饮食缺少自制力，锻炼缺少意志力，做事缺少坚韧度。这，是不是一种轻微的病态？

所以胖了之后就让人觉得削去了锐气、刚气、硬气、灵气；削去了锐气、刚气、硬气、灵气的男人就让人觉得有点窝囊、邋遢、弱势；男人一窝囊、邋遢、弱势，就让人怜悯，也让人瞧不起。真正的男人，怎么可以让人怜悯、让人瞧不起？

但，还是一如既往喜欢维塔斯——因他独一无二的歌。

唰——唰——唰，窗外，几乎下了一天的雨还在继续。

索性拧灭了灯，停了维塔斯的歌，看窗外的夜雨。

陆放翁说人生佳境最是山店煎茶留小语，寺桥看雨待幽期，是不是指人生逆旅中最舒服的状态，就是有这样一些为一首歌、一个人、一个雨夜，而驻足片刻安顿自我的时光？

为这样的夜稍作停留，然后开始上路。

我　　　早已
忘　怀，
是从　　　哪里来

22

2011 年 8 月
拍摄于西北旷野

男性的体内是不是也有母性？精神、肉体的母性皆有吧。就是那种柔情着、呵护着、微笑着、拥抱着、心疼着、含咀着、恨不得舍己为他人做一切的那种状态，那种东西。

听窦唯，听他的《艳阳天》专辑，听其中的《窗外》就是这感觉。

窦唯是灵性的，是当代歌坛最才气逼人的艺术家。他的词、曲、绘画，他的表达，都是极其自我的、唯一的。

他用自己的语言，任何人都听得懂却不轻易能抵达的语言，只有小众的几个人才能理解的语言。

王菲很棒。李健、孙楠、韩磊、刘若英、汪峰都很棒。

但不同。王菲他们是杰出的歌手和艺人；窦唯是艺术家，充满灵性的艺术家。

岁月里，有多少事情多少情怀是我们可以理解的？可理解的，又有多少是说得出来的？说得出来的，又有多少是完全吻合我们内心想要表达的？

绝大多数的事、情，都不可言传，它们都在我们语言抵达不了的地方。唯有以心感之，以情切之，以灵魂触碰之，才能得其一二，然后浸润在那种温润中。

只有那些诗性的人，才能呼唤出人性最真的部分，并把它们呈现在我们面前。

他们以天才的觉知和灵动，感知着，书写着，低吟浅唱着。认识，发现，创新，把一些人类共有的灵性传递出来，绵延下去。

我们的生命很短，但有那么多妙不可言的东西存在着，在我们经过它的几十年间供我们汲取，如山间之清风，湖上之明月，让我们沉重的肉身得以休憩，混沌的灵魂得以澄澈，在无常中永恒着，让一些人的光亮一直延续着。这一切让我们如何不感激这个大美的世界、大美的人间！

—— 2 ——

最深刻的东西，只能经由最深的感情，在最微妙的时刻来回答。否则，就辜负了它，就弄弯了它，走形了它。

在最重要的生存感悟上，在最关键的生命节点上，在最安静的时空里，我们总是莫名的孤单，永远只有自己。

人在最深的悲哀时是沉静的，不会号啕大哭、哭天抢地，更不会诅咒谩骂、怨天怨地。心在此时明白的是——最不愿发生的发生了，生命中最黯淡的时光到来了。那些东西一直潜伏在日子里，不知何时就会浮出水面，此时终于来了。

每当此时，除了自己越发的沉静、忍耐、坦然，一一应对，还有别的办法吗？没有。

寂寞是可以打发的吗？是可以驱散的吗？不！

我们在人群里，在对话中，在热闹的酒会上，人群的簇拥里，就不寂寞了？

最好的文字、图画、音乐，都产生于无边广大的寂寞。

窦唯的《窗外》，就是在深层寂寞里低吟出的玄歌：

窗外　天空　脑海　无穷
绿色原野

你灿烂的微笑　我拼命的奔跑

远处飞过　无缘到村落

日落船又归

看那天边　白云朵朵片片

就在瞬间　你出现在眼前

还看到晚风在吹　还看到彩虹美

窗外　天空　脑海　无穷

我早已忘怀　是从哪里来

也只能相信　你比我明白

　　经过了无边无际的寂寞熏染，然后清晰地领悟到只有寂寞中才能深切感知到的美好，一个灿烂的微笑，一个不早不迟出现的人，一缕拂在空中的晚风，一段七色斑斓的彩虹，却欲辨已忘言。

　　悲凉里玩味出冉冉升起的欢欣，欢欣里看见缓缓弥漫的悲凉，这样的文字、音乐、歌唱，就是活着的深刻趣味了。

— 3 —

　　勾魂术这东西是有的。

　　《窗外》最后唱到"你我早已哑巴"这句时，瞬间进入一个完全与前不同的天地，真让人魂飞天外。

　　是可堪孤馆闭春寒，杜鹃声里斜阳暮？是采菊东篱下，悠然见南山？是寒波澹澹起，白鸟悠悠下？

　　是，又不是。

　　神来之笔，天籁之音，勾魂之唤。

《噢！乖》开篇处的笛子，《姐姐》的前奏，《钟鼓楼》的伴奏，飘逸、空灵、清澈、纯净，精妙得只可意会不可言传，已经入境了。

就这一点，当下中国音乐人尚无人可与之匹敌。

勾魂术，在窦唯音乐，已炉火纯青。

— 4 —

懂一个人，是人间最美的事情。但最美的往往都不可持续。

要持续，必须掌控边界。比如绝不涉男女之事，更不娶不婚那人。

否则就会如烟消失。世间的事，有些边界不可过，跨过去就是死，自己死在对方的视域里，对方也死在自己的心里。

大多的人与物与事，得到之后的悲哀，就是死。

花开半季最好。所以王尔德说："人生有两大悲剧，一个是得不到想要的，另一个是得到了想要的。"

跨过界去，其结局就是迅速完结，就是死。

窦唯和那三两女子的悲欢离合就是如此。

其实相爱相知的双方，何必去对方身上执意寻找那种定义为男性的、女性的东西是否存在、是否浓郁？又何必像双边贸易关系那样去衡量各自付出的谁多了谁少了？视之如兄妹，如伙伴，如邻人，如一个并肩作战与子同袍的战友，也许彼此的天地都会广大起来，看对方的目光也会更多一些感激。

在情怀的世界里，一次次自死，也让人死。如此死的次数多了，就疲惫麻木、了无生趣了吧。

况且真正的遇见，多难。

不可轻易让它死了。

看着窦唯轻轻唱："我早已忘怀，是从哪里来，也只能相信，你比我明白……"

那时候的窦唯，还年轻。

现在呢？

夜色
如水

2008 年 5 月 21 日
拍摄于西塘

在这个刚刚忙完繁重事务而疲惫至极的客居京城之夜，听着赵鹏这舒缓、忧伤、静神的《夜色如水》，只觉得一切都是那么远又那么近，那么凉又那么暖，那么飘忽又那么熨帖。

从遥远的洪荒时代起，这个世界上已经有无数个生命来过，又走了。

长寿的，夭折的；幸福的，痛苦的；畅顺的，坎坷的；志得意满的，困窘寥落的；星光闪烁的，黯然无声的。来了，又走了，如白驹过隙，恍若流星，划过无边无际的宇宙时空。

其间，有多少人真的有人懂？有多少人真的有人知？有多少人真的有人爱？

极少极少。

绝大多数人，终其一生，不管有着怎样的"独上高楼，望尽天涯路"之高蹈远望，有着怎样的"衣带渐宽终不悔，为伊消得人憔悴"之守望苦恋，绝大多数人都是在"谁与我游兮，吾谁与从，渺渺茫茫兮，归彼大荒"的残缺落寞中，了却一生，归于尘土。

就像这个世界从来就没有过我们，我们似乎从来就没来过。

人类存在的精神与灵魂之悲，莫过于此。

人本凡俗。当我们每一次被各种形式的生存之苦、老去之苦、疾病之苦、必死之苦、别离之苦、怨憎之苦、求之不得之苦，而压抑折磨得几近崩溃时，都会想起什么人——

那些为我们流过的泪水，为我们展开的笑颜，为我们付出的奔波，为我们绽放的华彩，为我们挺起的腰杆，为我们骤添的华发，为我们说出的那一个个"没事，有我"。

所有这些，都会在瞬间让我们变得坚韧而温暖，重新振作起来，再次踏上旅程。

能够常常在如此缥缈荒谬的世界里想着那些人，父母，亲人，挚友，铁磁，在无数寂寥见底的深夜里守望他们，在全世界都睡着的苍穹下感怀他们，在诸多无言的时刻凝视他们，此生足矣。

此生有幸，有那些陪我们一路上走在日子中的人。

是日已过

24

2016 年 11 月 5 日
拍摄于家中

　　上班的午间有半个小时可以安宁，不再有人来人往事情不断，电话也消歇了片刻。

　　想和自己待会儿。

　　闭了门，轻轻卷起百叶窗帘，让阳光照满整整一面墙的玻璃窗。坐在阳光下，宽宽松松的。微醺。

　　戴上耳麦，点开理查德·马克斯（Richard Marx）的《直到永远》(*Now and Forever*)，一遍遍循环播放：

Whenever I'm weary from the battles that rage in my head

you make sense of madness when my sanity hangs by a thread

I lose my way but still you seem to understand

Now and forever

I will be your man

Sometimes I just hold you too cought up in me to see

I'm holding a fortune that heaven has given to me

I'll try to show you each and every way I can

Now and forever

I will be your man

Now I can rest my worries and I always be sure

that I won't be alone anymore

If I'd only known you were there all this time

until the day the ocean dosen't touch the sand

Now and forever

I will be your man
Now and forever
I will be your man

仿佛一个剧场，散场了，观众走光了。台上的灯光停息了，演员们去后台了，各色工作人员也都撤了。整个剧场空空荡荡。

有月光漫上来，自己的月光。清风，白墙，灰瓦，滴着雨滴的房檐。一个布满岁月坑坑洼洼的石臼，半臼清水，垂着几根蔓草，一朵小得不能再小的红莲。

— 2 —

只要人真的在，没有一个世界是渺小的，也没有一个时空是虚无的。

伸展开来的心，用心体验的事，灵随心在的时光，都像是一个盛大的气场。这气场本身像是一块奇异广大的织物，每一根线都被一只无限温柔的手轻引来，编排在另一条线的旁边，千百条互相持衡着。灵魂，就在持衡编织的布上舞蹈，腾空，雀跃。

有各类图形、隐秘声音和情感在这样的时空里萌芽。如同早春雨中，茶树一点点冒出嫩芽。在身体里，在灰暗中，在淤泥下，以不可言说、无法知觉的方式，在人所无法抵达的地方进行。

计时的沙漏空了，走动的时针失效了。瞬间、十年与永远，已没了边界。

生命中的时间，有的是不能计算也无法数出来的，就像一株千万年的大树，不算也不数，就那样春来江水绿如蓝一般，静立在早春的斜风细雨中，披着蓑戴着笠，不去想夏什么时候来，秋什么时候到，冬什么时候至，似乎一切都只剩下了永恒，无忧无虑地寂静，无遮无拦地广大，旁若无人地绽放。

— 3 —

人间的爱，总是最难的。

分离着的个体，存在难；撞到的双方，相遇难；一起走着的两个人，行路难；共同着一份颜色不变的情感，保持难。

源于心、泉于灵的事，有哪一个不是最难的？一切关涉灵性的，都是严肃的、难的。

从自我出发，融进自我的禀赋、性情、童年、体验、生命力，经过反复的辨识而后确认的爱，是一种对人、对世界、对生命的领悟，是领悟后的清晰和明朗，是明朗后的深切和单纯，是单纯后的至真至简，是至真至简后的渴望与静静蔓延，怎么会轻而易举呢？都是难的。

是不是很多人错用了"爱"字？是不是很多人都忘记了爱是上天的赐予？是不是很多人都把爱当作男人与女人之间，而不是人与人之间的事？是不是很多人都把它当作疲倦生活的一个刺激、一份疏散，忘记了它是一次可遇不可求的秘密兄弟会的生命盛会？是不是很多人都把爱只看作倾心、献身、与对方结合，而不是当作命运赐予的崇高动力，为一个人的出现而去成熟、完善自己，达成崭新的自己并把自己推向一个广远？

仿佛穿过一大片森林，蹚过一条游鱼回环的小河，我来到这首歌面前。

四周没有一个人，只有月光洒在草地上。

不知道是自己丢了雁群，还是自己已成了雁群。

是日已过，是日已过。

梨花
又开放

25

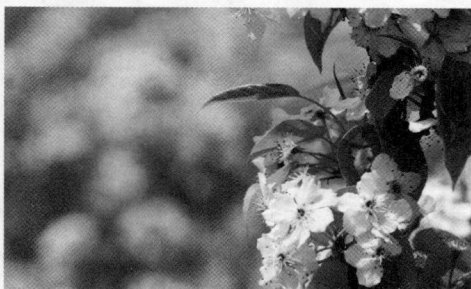

2015 年 4 月 8 日
拍摄于上海郊外

— 1 —

有个午间休息时间，两位同事过来喝茶。

十分忙碌却又讲究"拎得清"的上海，在疲惫午间能够想着一起喝茶的，不多。

本想独自待会儿的，可对着想在一起待会儿的人，独乐乐，孰若众乐乐。

玻璃窗外的太阳极好，暖得快把人化成棉花了。

自动煮茶机上有始终保持九十七度状态的茶壶。

人手一杯热腾腾的普洱在手。茶水氤氲起的淡淡烟霭，微微湿了额上的发。连累着的心也跟着湿了。

散淡的情状下，什么都能聊，聊什么都温暖。

聊起韩红的歌，她在"我是歌手"第三季的《梨花又开放》。

兴致顿起，三个人索性闭门听起歌来。

— 2 —

虽然韩红、陈明、孙楠、李延亮、阿宝、黄绮珊都曾唱过这首歌，但一直觉得还是原唱周峰唱得最好、最感人。起句，就已催人泪下——

忘不了故乡，年年梨花放，染满了山岗，我的小村庄。
妈妈坐在梨树下，纺车呜呜响，我爬上梨树枝，闻那梨花香。
摇摇洁白的树枝，花雨满天飞扬，落在妈妈头上，飘在纺车上。
给我幸福的故乡，永生难忘，永生永世我难忘。

重返了故乡，梨花又开放，找到了我的梦，我一腔衷肠。

小村一切都一样，树下空荡荡，开满梨花的树下，纺车不再响。

摇摇洁白的树枝，花雨满天飞扬，两行滚滚泪水，流在树下。

给我血肉的故乡，永生难忘，我永不忘，永不能忘。

故乡，母亲，往昔，这个古老的话题，经久不衰回荡在人间，一如这首《梨花又开放》。

而同一首歌可以翻唱，风格可以推陈出新，也可以复制，但用心灵唱歌的人是孤本，无法复制，就像已经消失在视线之外的那个歌手周峰。

那时候电视还很少，听他的歌是听磁带，在学外语的复读机上，一遍遍播放，听得如醉如痴、如梦如幻。《梨花又开放》《与我同行》《夜色阑珊》《我是一只孤独的小船》《我祈祷》《季候风》《游子心》……每一首都听了无数遍。

不知有多少个寂静无人的时候，独自听他——当时还没有耳机线这小东西，要想不惊扰别人，只能自己关在自己的小房间里，门窗紧闭，或者悄然到一个少有人至的偏僻处。

细细体会，一句句歌词，慢慢咀嚼，那华丽声线背后的表达、情感和灵性。

— 3 —

周峰的歌有极强的节奏感，声音里有一分才情少年、丰盈少年才会有的忧郁，湛蓝色的忧郁，像是深秋的天空。

他的歌声里夹杂着稚气，稚气中却又有着他那个年龄不该有的沧桑苍凉，混合着奇妙地糅在一起，声线华丽，以不可遏制的旋律流淌出来，凝成了一般少年难以企及的高雅气质。没有一颗少年维特的贵族心，深味爱之温婉凄美的善感心，唱不出那味道来。

仿佛一个受伤的天使，因着什么原因折断了翅膀降临人间，在凌波之上纵声歌唱，唱的都是天上人间的爱与恋。

那会儿外语没有什么长进，却熟悉了他的每一首歌。在一些特别轻快的时光，一个人洗衣服的时候，独自在月下闲逛的时候，周末骑车奔向郊外的时候，都会不由自主哼出来。

少年心事当拿云，谁念幽寒坐呜呃。

每一个少年的心事，都会有与之吻合的歌。

— 4 —

依稀记得，大概是20世纪80年代后期，有一期《大众电视》的封面人物就是周峰，那样子和他的专辑《玛俐》上的照片差不多。他个子不高，看上去很灵活，目光纯净，像是有湖水在里面漾着。

多年来，自己心中有天分的艺术家大多个子不高，贝多芬、达·芬奇、莫扎特、梵高。个子高的不是艺术家，是将军、骑士、武士。

清晰记得，有一次在电视里竟然看到了周峰，正在演唱《朋友》。一曲终了，台下的观众把他抱了起来，是几个男观众，场面非常感人。

那时候还没现在这么开放，女粉丝可以热吻、硬拉、狂抱男偶像。看着那场面，当时感动得要命，在心底一遍遍想：喜欢一个人喜欢至极才会要抱他，忘记性别地要抱抱他，像拥抱自己的灵魂，拥抱失散多年的亲人或情人。

好像是 1988 年春节期间，又一次在电视上看到了周峰，这是最后一次见他。中央台的一个晚会，主持人是当时央视的台柱子之一刘璐。周峰唱了两首歌，一首是《朋友》，一首是《十亿皇帝》。台上台下互动热烈，场面动人，那感觉就是：天才歌手周峰要大红大紫了。

谁知之后周峰却移民英国，悄然从中国流行歌曲潮流中消失了。

每一个华丽的转身，是不是都藏着别人看不到的情深？

世事无常，每一个给我们带来欢悦、带来感动的人，都可能在某个转弯处迅速消失，再也寻不见。不管他是我怎样喜欢、怎样懂得的"蓝颜"。

— 5 —

再之后又是许多年，时而还会听周峰的歌。每一次听，依然感动于他那纯真稚气的声音，干净华丽的音质，幸福温暖的忧郁。每一首，还是那么熟悉又陌生，那种淡淡的离愁别绪，深深的怀思怅惘，一次次唤回年少旧梦。只是，已不再为之流泪。

如今意气尽，心已静如潭。

在扎根上海之后，有一次路过体育场，不知怎么一下子想起了周峰，想起了他的那首《梨花又开放》。因为他 1988 年出国之前那几年，大部分时间是在上海，演唱会又大多是在体育场举行。当时的《文汇报》时而会报道他。

那一天在体育场外徘徊很久，踟蹰而行，心中涌满了淡淡牵念。

你在上海时，我在远方。

我在上海时，不知你又在何方。

总＿＿＿有
一段＿＿＿时光
明灭＿＿远上

26

2011 年 8 月 2 日
拍摄于新疆

喜欢英文歌的人，没有不知《加州旅馆》的。

记得是高一那年夏天，一个黄昏，偶然在收音机里听到了这首歌。

一在即永在。从此，再也无法忘怀。

工作几年之后，有了第一部手机，是小巧玲珑的诺基亚，什么型号忘记了，只记得内存很小，里面存了为数不多的几首歌，其中之一就是《加州旅馆》。

记不清一共听了它多少遍。来回听，反复听，一直听，似乎真有八百遍。

那时最大的愿望，就是有一天着牛仔装，长发飞扬，开着一辆破皮卡，满面尘灰，颠簸在通往加州旅馆的大道上。

夕阳西下，道路绵长，两边是荒草枯树，偶尔有一只两只出没的野兽，目送我向远方。

空中有苍鹰，偶尔旋在头顶。它俯冲向远方的样子，一如我心中的梦想。

前方，天地相接，望不见尽头。后方，车子扬起的黄土，如烟飞扬。

然后，在半途，和一个《勇敢的心》男主角那样的英雄相遇……

— 2 —

老鹰乐队组建于 1971 年，1982 年解散，陪伴美国人度过了整个 70 年代。他们前后共有七个合唱成员，个个能演唱，精乐器，也会作曲。

可以说，《加州旅馆》是老鹰乐队在最佳状态、最佳组合时，铸就的旷世杰作。

有些作品，就是神来之笔、神来之作，成就它的，彼时、彼刻、彼人、彼境况，缺一不可。

人间事，有聚就有散。1982 年他们分手，各自奔天涯。

但十二年后的 1994 年，天各一方的其中五个人再聚首复出，并引起莫大的轰动，而后马不停蹄地在全美巡回演出。

强强联手，从来都是成功与辉煌的基石。

唐·亨利是主唱，也长于鼓等打击乐器。格伦·弗瑞是主唱，也是最好的吉他和键盘手。乔·沃尔什，擅长吉他与合成乐器。摩西·B.苏特，嗓音极棒，也是最佳贝斯手。

而 1977 年离队的伯尼·利登，精于吉他、曼陀铃、班卓琴。蓝迪·迈斯纳则是一流的贝斯手。2001 年离队的唐·费德勒则长于吉他和键盘。

无论当时还是当下，老鹰乐队都是美国乃至全世界最受欢迎的乐队，其雅俗共赏的特质与拿手好戏，就在于他们的乡村摇滚五重奏加上五重唱。

朴实的乡村情怀，恰当的摇滚动感，层层铺叙迤逦而来的细致空间，一次次叠加而起的丰盈和声，让这个乐队呼风唤雨、撒豆成兵、所向披靡，受到美国乃至全球无数人的追捧。

为此，他们夺得无数大奖，几乎每张唱片都成为追捧者的收藏对象，风靡全世界。

而其中的格伦·弗瑞、乔·沃尔什、唐·亨利三人，分别成为歌坛巨星。

七是个神秘数字，无论东方还是西方。

这七个人，个个才华横溢，又彼此配合默契，才创造了迄今为止流行歌曲乐队无与伦比的辉煌。

人与人，聚散离合，皆有定数，皆有因果。能一起走过年少驰骋那一程，且创下举世瞩目的业绩，把一个个庄生晓梦迷蝴蝶的美好，烙印在无数人的记忆里、心灵里。

少年青衫骋江湖，不负轻狂一场梦。

这一生，够了，他们！

— 3 —

《加州旅馆》歌词呈现的究竟是什么？众说纷纭，至今尚难以定论。主要有旅馆、戒毒所、精神病院三种说法，以及音乐界、洛杉矶生活、美国社会三种解说。

每一说，似乎都有些道理，道理似乎又都不够充足。

一本书，一篇文，一幅画，一首曲，一件物，一个人，到了吸引许多人饶有兴趣地坐下来详解，却最终依然不解、无解、无定解，就有境界了，就成气候了。

有几年到处看资料，看评论，看原型分析和心理分析，一意想弄清它的本意是什么。

结果却是越发纷乱，越发理不出它说的是什么了。

穷究的路上，你会发现，村外还有村，山外还是山，天外仍是天，在地平线之外，更有地平线。

于是慢慢明晰：有些东西的魅力所在，就是没有定论，连作者也说不清他们要表达的是什么。

雪泥鸿爪，羚羊挂角，草蛇灰线，雁过寒塘，这诸等境界与境况，哪里说得清呢？雪泥鸿爪诸象，唯留一幅悲怆之影，给吾辈瞭望。

后来，更有一好友开解点拨："世上有些东西就是留在那儿给我们朦胧的。庄生晓梦、望帝春心、沧海月明、蓝田日暖之类，哪里是让人去说清的？就是留我们徘徊其下的，就是让人杳然惘然的，就是让人频频回首的。没着迷过看不懂的书，还叫看过书？没着迷过看不明白的画，还叫看过画？没着迷过说不清的歌，还叫听过歌？"

醍醐灌顶。

好吧，那就放下。只是听，只是喜欢，只是着迷就够了。

— 4 —

《加州旅馆》有很多版本，最钟情的还是 1977 年版，他们三把吉他、一把贝斯、外加一非洲鼓伴着演唱的那个，老鹰乐队最初打响自己最强音的原版。

后来的墨尔本告别版也很好。那种老骥伏枥志在千里、烈士暮年壮心不已的怆然、廓然、了然、浑然，就是尚能作战，且战无不胜、攻无不克的老英雄。

难忘那场景，历经岁月沉淀的老鹰乐队成员，随意却老松一般地站在舞台上，以不可比肩的合唱与合奏，悲欣交集地和热爱他们的观众挥手作别。让人想起刘邦那一曲"大风起兮云飞扬，威加海内兮归故乡，安得猛士兮守四方"！实属《加州旅馆》版本中的极品。

可是，斟酌了无数次的，却还是 1977 年版。那无人可以企及的大段开场和结尾，就是八大山人诸多作品中的旷世留白，是预留给观众听众的大片山岚雾霭，任你去想象、去补白。到今天，流行乐界依然无出其右者。

歌曲一开始，缓慢而伤感的主音吉他登场了。仿佛往昔的那一幕在徐徐拉开：很多年前，主人公只身一人，路途漫漫。

而后，吉他声渐次变得急促起来，在那个故事里，歌唱主体出场了。可那时的他，是个什么状态呢？意气风发？青涩叛逆？莽撞懵懂？抑或兼而有之？吉他声似在缓缓询问。

在类似于瞭望的期待中，架子鼓节奏分明又沉稳地敲打起来，像是凸显，又像是渲染。

待酝酿好了情绪，白帆挂起，在架子鼓之上，主音吉他轻柔而随意地奏响，仿佛在迎接湿润润的带着微雨的一场南来风。

之后，节奏吉他如约而至，像潮水，一波波一叠叠涌了出来，漫住了整个沙滩。

就在此时，让人翘首以盼了太久的在水一方的那人出现了。惊鸿一瞥，电光石火，连主音吉他也隐遁了，只留下节奏吉他，轻轻跳跃，闪烁。凸显出只属于伊人的华彩乐章。

对每个痴爱《加州旅馆》的人而言，无人不对这一漫长的开场叹为观止。

再之后，前奏的高潮渐去，节奏吉他隐到背后，主音吉他再次登场。深沉，广远，有力，犹如朝圣的孤独行者永在的伤感沉寂。

歌声，于此时才骤然响起。伴着吉他柔婉的旋律，主人公以苍凉旷远的嗓音，叙说起了加州旅馆的故事——

On a dark desert highway,

cool wind in my hair.

Warm smell of colitas,

rising up through the air.

Up ahead in the distance,

I saw a shimmering light.

My head grew heavy and my sight grew dim.

I had to stop for the night.

There she stood in the doorway,

I heard the mission bell.

And I was thinking to myself,

"This could be heaven or this could be hell."

Then she lit up a candle,

and she showed me the way.

There were voices down the corridor.

I thought I heard them say...

Welcome to the Hotel California!

Such a lovely place!

Such a lovely face!

Plenty of rooms at the Hotel California!

Any time of year, you can find it here!

Her mind is tiffany-twisted,

she got the Mercedes benz.

She got a lot of pretty, pretty boys,

that she calls friends.

How they dance in the courtyard,

sweet summer sweat.

Some dance to remember!

Some dance to forget!

......

片刻后叙说结束，余韵还在继续。仿佛主人公身已动，心未离——只听见主音吉他心神未定地弹奏着，节奏吉他柔肠百转地攀缘着，一唱三叹，不绝如缕。

— 5 —

也许人生一世不过是一段路与一段路的连接，而每段路都有类似客栈的歇脚处。

这些歇脚处，也许是一个旅馆，一个人，一棵树，一段情。甚至也可能是一次性爱，一杯烈酒。掺杂着人、魔之各种本性的，我们自己的"加州旅馆"。

活着，走着，就有脚步沉重时，黄沙漫天时，大雪断路时，悬崖阻隔时，霜寒露重飞不动时。那时，自然会渴望有一个落脚点。

进入这个落脚点，与旅途辛劳与孤独形成巨大反差的一切，灯光摇曳，音乐缠绵，美酒醉心，美色撩人。一时间，我们宾至如归，如花美眷，似水流年，灯红酒绿，沉醉不知归路。一切都在削铁如泥，熔金似水。一下子，就被消融了。

可是天亮之后，也许会猛然发现，这里其实十分肮脏，是人间地狱，纸醉金迷会销毁你的灵魂。

于是想逃离，越快越好。可是，当我们迈出门去的那一刻，听到一声咒语在耳边响起："你可以结账而去，但你永远无法离开。"

却原来，生命中的很多东西已留在此处，永远也带不走了。

哪怕我们走到天涯海角，它也会在某些特殊时刻，神秘地冒出来。于是，风乍起，吹皱一池涟漪。

— 6 —

《加州旅馆》仅仅是一首幽邃的歌吗？抑或是一次神秘的梦游，一个深奥的寓言？

隐隐约约，听见有人在那歌里说："我们都是自制牢笼中的囚徒。"

神性，人性，魔性，兽性，多者合一，就是人吧。

何为人？人从哪里来？将往何处去？

天地之间，人可以去探究世间万物，谁来探究人呢？

人，是永远的谜。

这，是不是注定了人会矛盾、会迷惑、会苦苦寻求、会永远失落？

普罗提诺说："人类处于神与禽兽之间，时而倾向一类，时而倾向另一类；有些人日益神圣，有些人变成野兽，大部分人保持中庸。"

尼采说得更形象："人是在动物和超人之间一条绷紧的绳子，一条越过深渊的绳子。"

活在人间，人，上进艰难，堕落容易。

终究，人身上的魔性、兽性，比神性要多些。

人本性中的决意行善，或者决意作恶，实际上并没有所谓的坚定不移。

《金刚经》结尾道："一切有为法，如梦幻泡影，如露亦如电，应作如是观。"

青衫若素啄墨色，淡漠尘世如缕间。

可是，尽管尘世如缕，却总有一段时光明灭远上，如听这首《加州旅馆》。

岁　月
晚　　得
像　　下雪了

27

2016 年 2 月 21 日
拍摄于小区

有次和几个好友开车去苏州，出发时间很迟。

车行夜路，风高月黑，沿途寥落，远光灯打出的车光隧道显得格外明亮。

车子音响里播放着美国歌坛大师安迪·威廉姆斯（Andy Williams）的专辑，几个人一直无语。

这样的时光，只有最好的朋友之间才会有。

Speak softly love，

and hold me warm against your heart.

I feel your words，

the tender trembling moments start.

We're in a world，our very own.

Sharing a love that only few have ever known.

Wine-colored days warmed by the sun.

Deep velvet nights when we are one.

Speak softly love，

so no one hears us but the sky.

The vows of love we make will live until we die.

My life is yours and all because，

you came into my world with love，so softly love.

······

播放到《柔声倾诉》（*Speak Softly Love*）那一首时，开车的 L 发话了："每次听这首，都有要泪下的感觉。"悠悠地，像是自言自语。

"抛砖引玉"这一说法很有意思。有的是玉引来砖，极少玉引来玉，更多时候抛的是砖，引来的也是砖，遍地是砖，不见一片玉。

在 L 的话稍后，鲍道："前奏一响起，我就醉了。"听得出他是实话实说。

"一听前奏，我就麻了！"老钱接着，已有笑意。

"一听声音，我直接就酥了！"陈已笑出声来。

我坐在副驾驶位子上已笑得不行，但很快几个人就默默无语，跟着安迪·威廉姆斯的歌声一起英雄白头、美人迟暮了。

这个场景已经过去了很多年，今天回想起来，依然如昨。

相伴年久的朋友之间总会留下多多少少的典故。

典故就是细节，是一缕缕绢丝，汇在一起，织成彼此一生的素锦和素履。素锦挂在墙上，素履藏进藤箱，每每看见，会听到一声轻轻提示：浪漫，本是人之为人的一场场情事，别弄丢了。

— 2 —

1927 年出生于美国 Wall Lake 的安迪·威廉姆斯，已于 2012 年病逝。他从出道开始，纵横挺立六十年，是集歌唱、电影、电视于一身的全方位艺人。作为歌手，他擅长乡村、爵士乐和轻音乐，声线优美又纯朴自然，外貌英俊又深沉内敛。

而这首《柔声倾诉》，本是根据西西里民歌改编的电影《教父》的主题曲，后经由安迪·威廉姆斯改编、填词而成，并以只属于他的歌唱让人无法自拔，蜚声全球。

也许是和电影那杀人不眨眼的教父，教父家族引发的一场场血腥杀戮的剧情形成了强烈反差，这首沧桑男人才能唱出味道的柔情之歌才这么迷人。

反差这东西的张力之处就在于：一贯野性的草莽，一旦带上缠绵悱恻的柔情，会迷死人；就像一贯缠绵的温柔，一旦带上野性的草莽，会晕死人。

安迪·威廉姆斯的嗓音，最容易让人中毒，有点空灵，有点磁性，有点伤感，有点饱满，让人的耳朵和心一下子软了。

有些书，有些歌，有些人，会隐隐约约地让人生恨——君生我未生，我生君已老，恨不同君生，与君一起老。

一句句听着安迪·威廉姆斯的歌，像是听人诉说再也回不去的往事，无奈，沧桑，荒凉，就像影片里年迈的迈克独自坐在园中，回忆当初在舞池里与凯的深情相拥。

而《教父》三部曲的经典镜头，会一一呈现在眼前——如神灵一般不露声色却始终呼风唤雨的大佬，心狠手辣危机四伏的黑二代，机关枪和生命倒下的血淋淋，更让人珍惜鲜花与挚爱的美好。

— 3 —

男人的一生，是否承载了太多太多——关于家族，关于家庭；关于复仇，关于自由；关于发达，关于毁灭；关于活着，关于死去；关于敌人，关于爱人。

男人，是不是坚强的外表下都有伤？是不是都藏着自己的痛苦和迷茫？是不是都有说不出的辛酸和无奈？

是那样吗？"没有什么能让人低下高贵的头颅，除了爱；没有什么能让人舍弃爱，除了尊严。"

是不是每个人都有这样的时候：突然发现心没法整理了，岁月晚得像下雪了，柔声倾诉是上个世纪的事了，自己再也回不去了？

又一个
黄昏＝＝＝来临

28

2018 年 7 月 28 日
拍摄于克罗地亚

那一天从长陵返回京城时，正是黄昏渐近日落时。

通向京城城里的宽阔大道两旁飞快退去的草丛、树木和建筑物，都染上了深秋黄昏的辉煌。

因为坐在副驾驶的位子上，可以一览无余看着前方的道路，一路上可以从车身影子的长短变化，一点点感受着太阳落下去的状态。

奔波了一天，车里的几个同伴都东歪西斜地睡着了，像孩子一样，在他们的座位上，叫人看着觉得安详又舒心。只有我和司机在清醒的时空里，一切都那么安宁。一身笔挺西装的老司机看上去很潇洒，带着旋律地开着车，神情专注地注视着前方。我静静看着迅速隐入车底的路，看着赭黄或赭红的草树，温暖又苍凉，灵魂似乎在，又似乎飞远了。

每一个黄昏时光，都有淡淡温暖和伤感。即便是那个时辰忙得不可开交，也会感觉那温暖和苍凉也会与人同在，在四周的空气中，和人同呼吸，与人共休戚。只要到了那一刻，很多人都会莫名发呆，会无缘无故伫立，会不知身在何处，会忘记东西南北，会没来由地温馨在心，没来由地黯然。更有极少数的人，会想到即将到来的黑夜，会想到万物的衰老、死亡、毁灭，以及叶落归根的温暖。

当然，更会想到陪伴我们、帮助我们、呵护我们也被我们陪伴、帮助、呵护的人。仿佛蒙太奇的情景再现一般，他们会闪现在眼前，一晃而过。那情景，让人伤心更让人暖心——感谢上苍给我们一生，让我们拥有那么多的亲人、友人。和他们一起穿过岁月、穿过风尘，一天天走向衰老，也是人生的一场别样温馨。

又一个黄昏来临。

数日前，我怎么也想不到此时此刻会有这样一个清醒又安宁的黄昏，也不会想到这个黄昏，我会奔驰在从城郊通向京城的大道上。而洒满四周的夕阳，正伴着我归向这个我曾经深造求学、曾经第一次飞往美国、有数个好友一直在的生命驿站。

正沉浸在发愣的深处，忽听到车内响起了歌声。可能是疲惫的司机想提提神了，他打开了音乐。歌声轻轻的，却很清晰，竟然是那首网络歌曲——雷竞的《黄昏来临》：

> 黄昏来临了，爱人，独自等待着夜深
> 星光闪动了往事，回首是你，一往情深
> 时光不再了，爱人，多情蹉跎了青春
> 春去秋来的人生，因为有你才永恒
> 梦的当初那么真，为何碎成了烟尘
> 痛苦那么深，事过境迁已无痕
> 你的样子那么真，深深烙进我灵魂
> 等待这一生，再爱一次不离分
> ……

其后，不知为何，司机没有换歌，就那么一遍遍循环播放着。

据说，这首歌是雷竞在悲痛的情况下，为纪念死去的女友而写的。

"人之所以能彼此精神相爱，必得是他们一起领受同样的悲苦，而且在悠长的时间里，肩负着共同的愁苦之束缚而携手越过顽强的大地。"西班牙哲学家乌纳穆诺如是说。

人生有着太多的无奈和磨难。疾病、衰老、孤独、死亡，如影随形，谁也无法逃避它们到来时的无助和恐惧。但是，灵魂相拥的爱情，温情如水的亲情，亲切无间的友情，就像春日落进泥土的细雨，一点一滴渗透在岁月里，让人可以勇敢地面对疾病、衰老、孤独、死亡，在一次次的自我修复中低吟活着的苦乐，无声礼赞人生的珍贵，正视艺术的真谛。一如尤金·奥尼尔所说："我们生而破碎，用活着来修修补补。"

— 3 —

奔驰的车子前方，正是夕阳西下，斜阳草树时。

斜阳下，白杨树泛着金光，宁静，安详。其他各种黄色和赭红的树叶奔过来，奔向车后。枣树、柿子树、枫树、银杏、女贞……树下的路上和草丛里，落满了它们的叶子。也有极少的树依然碧青如故，只是比春夏多了几分凝重。只有少数的树木光秃秃落尽了叶子，像是耗尽了生命。

一些歌，适合一个人在家里打开音响慢慢听，也适合在封闭的车子里，看着窗外飞驰而过的风景悠悠听。

每个歌手的声音里都有他走过的路、有过的悟、燃过的情。

静静听一个人的歌，就像看着一个人悄然拉着一个黑色旅行箱去机场、去车站。你不知他是去看一个人还是去接一个人，却明白他是怀着一份深情在走。也许他要看的人已经不在了，走着的他让你感觉那人还在。犹如在月光下，你会感觉光影婆娑的那些树、那些风、那种空明，就是你的归依。

每一份对大自然、对人间的深情，都是一株梅，曾经把它的香隐隐约约洒满你的院子。每一朵小花都是一颗心、一个人。就在那一季、那段日子，它那么竭力把它的芬芳从大地中汲取起来，沿着它多须的根、遒劲的干，输送到每一枝。而后虔诚地持续散播它清清浅浅的香。

过了那一季，梅花老了，落了。过了一些年，梅树也老了，不开花了。可是，你还会在许多个深夜站在院子里，回想那一树一树的暗香。静静地，不敢转身，仿佛在目送。

万物　　归一，
一归
何　　处

29

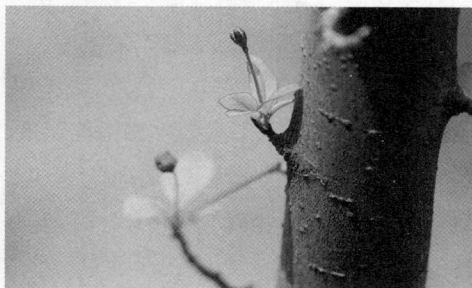

2016 年 3 月 29 日
拍摄于小区

终于被连绵多日的持续工作击倒，昨晚低烧一夜。晨起买药、服药，仍觉不敌全身酸疼也不敌疲惫。索性告假休息，让自己沉入无边黑暗的浸泡中。

时而有电话打进来。在昏睡中接听，含含混混如梦中呓语。每一次挂断，都会即刻继续沉入海底深处，自顾自地沉下去。

从混沌中清明地醒来，已是黄昏时分。

又继续在窗帘布下的黑暗温存中发了很久的呆。才悠悠地起来。洗漱。烧水。咖啡。茶。

打开小提琴的《斯卡博罗集市》(*Scarborough Fair*)，带着卡洛儿哼唱的。

总觉得同一首音乐作品，其纯音乐的演奏远比带着歌词的演唱更耐得起品味。也许是因为纯音乐具有超语言的性质，其让人回旋的时空更大更广远。

喜欢《斯卡博罗集市》已多年。因为喜欢它，而连带喜欢承载它的那个奥斯卡获奖影片《毕业生》，喜欢这首歌的著名演唱者保罗·西蒙和阿特·加芬克尔(Paul Simon & Art Garfunkel)，喜欢那个无名高手对歌词的诗经体翻译，也喜欢那个与之相关的美丽传说：

很久很久以前，在英格兰北约克郡的一座滨海小镇斯卡博罗集市(Scarborough Fair)，一个年轻的士兵被迫离乡走向战场。他恋恋不舍生于斯长于斯的故土，告别亲人，告别心爱的姑娘。在九死一生的战火硝烟中，他没能躲过灾难，被掩埋在异乡的乱坟冢间，成了漂泊的孤魂野鬼。然而，肉体虽逝，灵魂却在。几乎每时每刻，他的灵魂都在回望故乡，思慕亲爱的姑娘，于是有了这首荡人心魄的咏唱：

Are you going to Scarborough Fair?

Parsly, sage, rosemary and thyme.

Remember me to one who lives there.

She once was a true love of mine.

——你去斯卡博罗集市吗？那个遍布芫荽、鼠尾草、迷迭香和百里香的小山坡，请代我向我的姑娘问个好，她曾是我的爱人，请让她为我做件麻布衣裳……

每次听这首歌这支曲子，不知为何我都会想起在风声鹤唳中悲吟《垓下歌》的项羽。

一个驰骋沙场的英雄壮士，一个自以为江山可待的男人，在一朝面临十面埋伏、四面楚歌时，最放不下的是什么？一定不是"我是谁，我从哪里来，我向何处去"这样的终极之问，而是最能扣动他心弦的人和情，一如项羽最后的悲歌："力拔山兮气盖世，时不利兮骓不逝，骓不逝兮可奈何，虞兮虞兮奈若何！"

— 3 —

由此，会默思默想，遥遥得几乎不可清晰追溯的漫漫人类旅途中，那些心灵丰盈的精神至高者，那些引领芸芸众生灵魂的先行者，那些叱咤风云几无所畏惧的胆识超群者——

他们有过灵魂无依的流浪和飘忽么？

有过风声鹤唳下的畏惧和后怕么？

有过在面临生命大限时，完全忘我的对爱人的难以割舍么？

而那些被我视作人类精神支柱的标志性人物，那些可作历史推进的中流砥柱的人物，那些让我敬佩仰望的英雄与勇士们，也会在知其不可为而为之的悲怆前行中，轻奏心灵的颤音么？

万物归一。一呢？一归何处？

一归万物么？

青　砖
白　　墙
一般

30

2014 年 11 月 27 日
拍摄于上海金泽古镇

已经忘记第一次听《把悲伤留给自己》是什么时候了，只记得当时听的是陈升本人的原唱。那开篇的口琴，就已勾魂摄魄般让我风起云涌，跌入旋律深处。

其后到处寻觅其他版本，遍听任贤齐、蔡琴、江淑娜、莫文蔚、郑阳、陈果、李克勤、林苑之作，最后定格在了赵鹏上。

最好的歌曲，一如江南梅雨时，是我心中的最江南。每一个音符，如同江天潇潇雨，就是罗密欧痴爱的化身；每一句歌词，犹如雨落石板溅起的水花，就是朱丽叶深情的投影。当两者一旦猝然相遇，便醉梦般浓得化不开了。

比起文学、绘画、舞蹈等其他艺术来，音乐能更直接、更迅捷契合我心。每一种疲惫不堪，孤独无依，担心忧虑，荆棘处处，都可以很快在音乐的飞湍急流中冲刷荡去，同时找到隐藏在无名角落的温暖，汲取重挂云帆的动力。

在人类社会声色犬马之乐都习惯于就高、向往于冲高的习惯性趋向里，男低音不能不说是一种稀有。这种以雄性的小腹为声源，一路迤逦透过男人的后脊梁、脑后，到口腔后根，再到胸腔共鸣后发出的声音，像是来自大地深处，深沉浑厚，圆润饱满，张弛有致，是男性的生命鼓音。

有点执拗地认为，赵鹏是当下最好的男低音。陈奕迅、林宥嘉、刀郎的低音歌，无能出其右。

丰盈润泽的音色，干净亲切的咬字，情动于中而成于声的爱意，似耳语又似玄思，似远山又似近溪，低吟浅唱中，让人心旌摇曳记起物换星移，又忘记物换星移。

人呢，一忘记物换星移了，就入禅境了，玄远了。

玄远了，就能品出冷粥、破砚、晴窗的深味了，就能以水为师，高处高平，低处低平了。

高处高平，低处低平了，就岁月静好了。

岁月静好了，就春江水暖，竹外桃花三两枝与夕阳山外山合一了。

— 3 —

能不能让我陪着你走？既然你说留不住你，回去的路有些黑暗，担心让你一个人走。

我想是因为我不够温柔，不能分担你的忧愁，如果这样说不出口，就把遗憾放在心中。

把我的悲伤留给自己，你的美丽让你带走。从此以后，我再没有快乐起来的理由。

……

我想我可以忍住悲伤，假装生命中没有你。从此以后，我在这里日夜等待你的消息。

……

一分惴惴不安，一分唯唯诺诺，一分自责自怨，一分牵念担心，一分抽刀断水，两分斩也斩不断，三分静水深流，凝聚成了这一串似乎是说了等于不说的大白话。

说了等于不说的话，才是情话；一如静了等于不静的夜，才是良夜。

只为爱而爱的爱情，就是这样诚诚恳恳，说一句是一句的吧，就是这样青砖白墙一般，没有标语没有装饰画的吧，就是这样结结巴巴、语无伦次的吧。

"能不能让我陪着你走？既然你说留不住你，回去的路有些黑暗，担心让你一个人走……"

何处是＿＿江，
何处
不是＿＿＿江

31

2010 年 5 月 27 日
拍摄于挪威

单曲循环，这几天只要有空就在 Nakamichi mini BT 里听《我俩永隔一江水》。这首由"西部歌王"王洛宾创作词曲的歌曲，到今天我初次倾听它，已过去了十八个春秋。

比爱更长久的是生命，比生命更长久的是艺术。小娟在吉他声中满怀伤感的吟唱，自然、简约、纯净，让逝去多年的王洛宾，一点点从远方走来，沉入我的时空里。

只要真正有过、发生过、存在过的，并因之而扣动过心弦的，无论是笑影还是泪影，是刀痕抑或吻痕，都将历久弥新而常在常随。

对着这曲《我俩永隔一江水》，且听且沉吟：

风雨带走黑夜　青草滴露水
大家一起来称赞　生活多么美
我的生活和希望　总是相违背
我和你是河两岸　永隔一江水
波浪追逐波浪　寒鸭一对对
姑娘人人有伙伴　谁和我相配
等待等待再等待　心儿已等碎
我和你是河两岸　永隔一江水
我的生活和希望　总是相违背
我和你是河两岸　永隔一江水
等待等待再等待　心儿已等碎
我和你是河两岸　永隔一江水

— 2 —

当下，还有多少人在吟唱生活多么美？走遍大江南北，寻遍大街小巷，还能听到"生活多么美"的歌唱吗？

这首歌所唱的，已是远去的牧歌，是几十年前大草原上一个叫王洛宾的歌王之梦，是一个渐行渐远的行吟诗人，在黄昏时光留下的最后一个华丽背影。

— 3 —

一生一世，也许很多时候隔着的才是最好的。

隔着一条路，一座桥，一汪湖，一江水，朦朦胧胧，烟霭迷茫，雾里看花，看而不清，也许才是最好的。

走近了，是可以凝视；凝视，就会清晰直感，可以当下受用。但同时，毛病瑕疵乃至质地也会看清了，看得太清晰，差不多就是厌倦的开始了。

把握"隔"与"不隔"，保持"隔"之美真的是一种智慧。

这首歌所歌咏的，是所谓伊人、在水一方的爱情怅惘。而爱情和婚姻其诡异之处就在于，娶了红玫瑰，或者被当作红玫瑰被娶了，久而久之，红的成了墙上的一抹蚊子血，而错失的白玫瑰就成了床前明月光。

娶了白玫瑰，或者被当作白玫瑰被娶了，久而久之，白玫瑰就成了衣服上沾的一粒饭粘子，而那朵旁落的红玫瑰，就成了心口上的一颗朱砂痣。

他乡、彼岸之所以那么令人向往，就因为它是他乡，是彼岸。

彼岸一旦成了此岸，必将索然无味，甚至令人想立即转身。人性本如此，一切得到的都会让人看淡甚至生厌，与我们娶的玫瑰的颜色无关。

一旦顿悟这个，人还会有私奔吗？私奔之心，已成陈迹，抑或，所有的奔之心，皆已成陈迹。

— 4 —

这个时代还有多少真的等待？有多少人还来得及等待？有多少人还值得等待？

依然会有心碎，但绝不是因为等待而碎，而是因为爱和不爱之间流转得太快而碎。

爱着的之间，就像双面胶，双方粘得快也撕开得快。随时可以撕开的双面胶，虽然容易断裂容易碎，但再也没有了失去真爱那种刀砍斧劈、痛不欲生的意味。

今夜告别，明晨就已各自挥手西天的云彩，吹着口哨哼着小曲，开始新的旅程了。谁也不会伤筋动骨、痛彻心扉了。

没有伤筋动骨、痛彻心扉的爱，还是爱么？一时的喜欢而已，半刻的占有愿望而已。

"日子还得过啊"，每次听到人们这句劝架、劝和、劝降、劝等一方变好的话，头皮就发麻。没有爱的婚姻，就那么挨着熬着煎着等着，跟慢性自残有什么两样？

心碎了，人还能活着，还有感知还有痛感；心死了，人就是行尸走肉，无痛无痒无伤心，这和死了相比，哪个更好？

鸟、兽、人，单着的就一定不好？双着的就一定好？

"从"，是两人相跟着，甲骨文字形是象征二人相从，本义为随行、跟随。"双"，从雠，从又，持之，本义是一对，意指两只鸟。

生活中，一个人从一个人，可以是从善如流，但更多的时候是依顺、顺从、盲从，甚至仅仅是侍从、仆从。不管是"从"，还是"双"，那样子看上去就有点缩手缩脚的，远远没有独立的一个"人"、独立的一个"又"来得舒展自如、展翅欲飞。

生活中成双成对的男女，能够做到并驾齐驱、风雨同舟、相互扶持、同甘苦共患难的有多少？大多数不过是一方倚着一方，一方拉扯一方，一方攀缘着一方。也同时，为了一个"家"，一路上不断互相削减，迫使对方就范，相互举刀让对方削足适履，适自己的履。

有个叫张弘的作家，写下这么一个婚姻公式："婚姻不是1+1=2，而是0.5+0.5=1。即两个人各削去自己的个性和缺点，然后凑合在一起。"呵呵，真是点出了残酷的本相。

人的本性，原本就是谁都想做自己的王。

和一个适合的人结婚，可能是在暴风雨中找到了避风港；和一个不适合的人结婚，可能是在港中遇到了暴风雨。

说起来成功的婚姻是两个人的事情，但实际上一个人就足以让它惨败，败得找不着北，败得无家可归。

所以那个一直喜欢扯下皇帝新衣的朱德庸，曾似笑非笑地给众生划上这么一刀："婚姻如同上吊，别以为绳索一拉，双脚蹬空，就很快结束。事实上你还得经历一段挣扎、窒息，才能到达平静的阶段。婚姻是一座危楼，你永远不知道它什么时候会垮，当你意识到时它已经垮了。"

幸福的家庭各有各的幸福，痛苦的家庭也一样。所以，别只看别人家的锅盖，要知道谁家的锅底都有点黑，甚至有些人家的锅盖都是黑的。

既如此，对着这曲《我俩永隔一江水》，不妨且听且沉吟：离别未必就是相隔，相聚未必就是连着。鸿雁长飞，自有光度；鱼龙潜跃，水自成纹。每一个更阑人静、满天晴露时，都有半庭斜月，一院树影，几点飞萤，自君处无声移来。

绛河浪浅，本无相隔，沧海波深，亦在红尘。天下至大亦至小，距离甚远亦甚近，何处是江，何处不是江？

细　雨
落　　入
初春的　　清晨

3 2

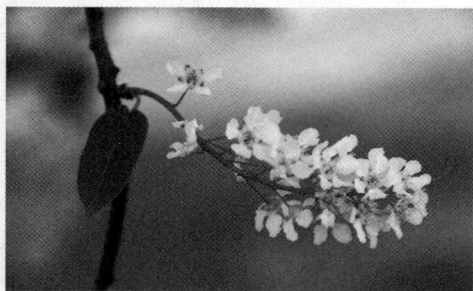

2010 年 5 月 30 日
拍摄于芬兰

　　有些歌曲就像来自灵魂深处，是专门来为尘世里的芸芸众生"救驾"的——心灵之驾。一字字一句句的低吟浅唱，让人的心跟着疼，跟着契合，就像这些天骤然红起来的那首《卷珠帘》：

　　镌刻好　每道眉间心上
　　画间透过思量
　　沾染了　墨色渐
　　千家文　都泛黄
　　夜静谧　窗纱微微亮
　　拂袖起舞于梦中徘徊
　　相思蔓上心扉
　　她眷恋　梨花泪
　　静画红妆等谁归
　　空留伊人徐徐憔悴
　　啊　胭脂香味
　　卷珠帘　是为谁
　　啊　不见高轩
　　夜月明　此时难为情
　　细雨落入初春的清晨
　　悄悄唤醒枝芽
　　听微风　耳畔响
　　叹流水兮落花伤
　　谁在烟云处琴声长

浸染着唐诗宋词风味的叙事话语，描绘的是一个美丽女子——

临窗的她，正在画画。画中，一个英气在眉的男子。深深浅浅的流淌墨色里，全是他们的往昔时光。语短情长，无边无际的相思跃然纸上，使得古今至文也黯淡无光。

夜来了，夜深了，静谧中，不觉又是窗纱微微亮。曾一度恍惚，午夜梦回伊人身旁，醒来时，她已是梨花一枝春带雨——每日盛装等谁归？为何要这般消得人憔悴？卷帘、落帘的翘首以盼，却不见伊人回。

雨落清晨，点点滴滴唤醒了枝枝叶叶，她却分明听见了落花流水春去也的声音。烟云深处，此心悲苦无人知，唯将心事付瑶琴。

随着霍尊清澈见底的声音，飘逸隽永的旋律，悠远绵长的声线，哀婉凄切的格调，很难断言这里言说的仅仅是场刻骨铭心的爱情，"衣带渐宽终不悔，为伊消得人憔悴"的一往情深。

— 2 —

爱之理，原本就是人生之理也。

人之一生，谁人不会一次次独自穿越许多心灵的灰暗隧道？

专求深爱而不得时，专求理想而踏空时，遭遇误会却百口莫辩时，被人陷害却无处申诉时，独自荒原无助踟蹰时，漫漫长夜残醉泪枯时，背水一战荷戟彷徨时，悔不当初痛心疾首时，无以回报而负枷长街时……

哪一次不在忍受锥刺股骨、割头折项般的疼痛？

也许，所有情怀的涌起与升腾，滥觞与绵延，慰藉与安顿，其间的诗意是可以共通的。

而有些追寻，有些深爱，值得用整个年少轻狂去换取；有些伤痛，有些温馨，值得用全部余生去珍藏。

意义永远都是一个处处悖论的领域。

生与死，爱与孤独，就是其中两个最大的悖论。

谁能说得清如果没有死亡，人是否能明白生之意义；如果没有孤独，人是否能体会爱之甜美隽永。

— 3 —

罗曼·罗兰在他的《约翰·克利斯朵夫》中这样写道："谁要在世界上遇到过一次友爱的心，体会过肝胆相照的境界，就是尝到了天上人间的欢乐。"

"胭脂泪，留人醉，几时重。自是人生长恨水长东。"一些能够让人泪湿青衫的歌，如同这首《卷珠帘》，原本就是一次友爱的心，一份低调的爱。

这样的爱，不为让人抵达怎样的终点，却处处都是为了一份成全——在低吟浅唱中抚慰我们的伤感，我们的迷惘，成全往昔、爱恋、疼痛，如落红，如春泥，护我们走在人间，满带着悲悯，一枝一叶都是怜，就像"细雨落入初春的清晨，悄悄唤醒枝芽……"

沧海
一声笑

33

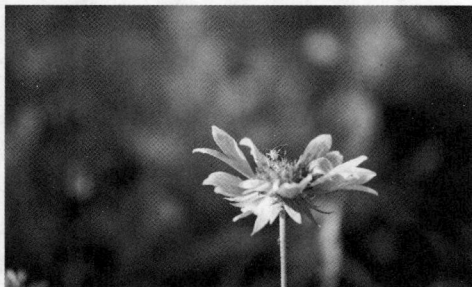

2016 年 9 月 20 日
拍摄于北京南海子公园

喜欢那种男人和女人：温柔时特别细腻，刚烈时特别斩钉截铁。

当电影《笑傲江湖》的主题曲《沧海一声笑》一出世，就深深喜欢上了它。喜欢它的飞扬洒脱，柔肠百转却掩不住豪气万千。

由此开始关注其词曲创作者黄霑，读他的词，听他的歌，赏他的才，远观他的逸闻轶事，感受他的至情至性、可爱有趣，直至目送他2004年肺癌不治而逝，化作一缕青烟。

黄霑的词曲，与金庸、古龙的作品乃天作之合。中流击水、浪遏飞舟的旋律中，诗性的歌词使得意境化的江湖在只言片语中跃然而出，让人陡然挺直铮铮铁骨，热血肝肠，恍若豪气吞吐风雷，一声笑傲江湖。

就像当年一曲《男儿当自强》带着一部《黄飞鸿》响彻全球华人世界。只要懂华语，此歌声一起，金鼓齐鸣，弦瑟肃杀，将军令发，不论是达官，还是市井，人人都仿佛顿生一身侠风傲骨，恨不得立即去做国家栋梁。

人生苦短，但苦短中有那么多的壮气和激励。世事无常，无常中却有那么多的恒久和刚气。

《沧海一声笑》跃然而出，是在武侠电影《笑傲江湖》中最具武侠风骨的一幕——曲阳和刘正风躲过追杀，安然相伴泛舟于江海之上，置《笑傲江湖》曲谱于眼前。他们琴箫合奏，纵情高歌，一旁的令狐冲亦弹琴相和。

此时的江湖之上，沧海笑，白浪滔滔，苍天笑，白鸟翱翔。浩浩乎如冯虚御风，不知际涯何处；飘飘乎如遗世独立，忘却烟尘来时路。

所谓"笑傲江湖"之意，于此成矣。

但就《沧海一声笑》歌者而言，倒不是《笑傲江湖》电影里的版本最好，而是由三位一样笑傲江湖的当代音乐奇才黄霑、徐克和罗大佑合作的这个绝唱：

琴声乍起，几下转拨，"永忆江湖归白发，欲回天地入扁舟"的境界全出。其后一声笛声响起，从悠扬到清越，飞跃长空，声破两岸。又是古琴转轴拨弦三两声，再转笛声，划出一个清幽澄澈却激情四起的世界。

这长长的开头，犹如与钟鼓齐鸣，丝弦合奏，与《加州旅馆》开篇有异曲同工之妙。

此时领唱的黄霑出现了：沧海一声笑，滔滔两岸潮，浮沉随浪记今朝。

跟上来的是徐克：苍天笑，纷纷世上潮，谁负谁胜出天知晓。

继之而起是罗大佑：江山笑，烟雨遥，涛浪淘尽红尘俗事几多娇。

狂放的黄霑，洒脱的徐克，厚重粗豪的罗大佑，三个声部奏响的主题却是一样的豪放不羁。

最后两句，三人合唱，声破云霄，气吞山河，再分不出你和我：

苍生笑，不再寂寥。

豪情仍在痴痴笑笑。

啦……啦……啦……

此时此刻，所有笑傲江湖、挥手从此去的洒脱，月明在天、不知今夕何夕的蹉跎，高山流水、天涯咫尺的相知，前不见古人后不见来者、念天地悠悠的悲怆，尽在三个热血而沧桑的男人嘶哑的放歌里了。

一瞬间，他们的欢笑和泪水一同在风雨中飞，且喜且悲，似歌似哭，犹如鸟来鸟去山色里，人歌人哭水声中，又如深秋帘幕千家雨，落日楼台一笛风。

— 3 —

沧海一声笑，为何笑？

笑英雄割据乾坤，到头来万事皆作休？笑当年繁华宫室都化作一片泥涂荒草地，成为鱼龙故道？还是笑沧海桑田未曾变，未变人却先老？笑官坊翻来覆去，到底有何分晓？还是笑樽酒唤回情义在，芳草今犹在，兄弟依然好？

抑或是沧海一声哭，哭江湖险恶，哭人心狡诈，哭名利纷争，哭世间沧桑，哭人世浮沉，哭人情纤薄？

不知道，不知道。

歌声停处，只知道心中的一腔悲恸和感动：江山淘尽，万古长空，英雄余留了一襟晚照。

记得黄霑自刻过一方印，上书"不信人间尽耳聋"。

也坚信：每首歌，每首曲，每幅画，每段文，每个人，总有其知音人。一定会有，哪怕，只一个。

懂和被懂，皆幸。

曾　　梦想
仗　剑
走　　　天涯

3 4

2016 年 1 月 23 日
拍摄于马来西亚兰卡威

国内摇滚歌手，最爱许巍。

在我心中，许巍就是上帝和天地万物派来的灵动使者，专门来给人间传递在世俗中漫步的心灵之音的。他的歌，低音处有大提琴的悲悯，细腻处有小提琴的缠绵，寂寥处有马头琴的苍凉，穿越处有排箫的明媚和悠远，小号的明亮和明快。几乎每一首都是理想犹在、哀而不伤。

就像酷寒里融雪煮茶，雪夜炉火，始终有暖意在穿越，再怎么黑暗和忧伤，都有些理想的光芒，有种洞悉后的坚持，明了终极后的驻守，散发着某种世俗的宗教意味。

许巍歌曲的配器，也总是一流。最美的木吉他，最能叩击心弦的吉他贝斯爵士鼓，不经意间蕴满他的精心和细琢，几近于完美无缺。在一流的配器背景下，他的歌最适合野外开车听，音量放到最大，让歌声压过风声。

如果没有最适合的同伴，独驾途中也妙。在人迹稀少的旷野，或者深夜郊外四车道的宽阔大道，跟他的歌声一起驰骋。犹如骑快马吹狂风，辽阔天地任我行。

那种"在路上"的感觉，无与伦比。生命苦短，此时甚好。此生无憾。

世界那么大，生命这样短，要把它过得尽量像自己想要的那个样子。最大量地感知这个世界，然后可以胸怀天下，不被琐屑打倒。把一些时光过得飞沙走石了，庸常的日子也就逸兴豪飞起来，有了几分理想的斑斓。

音乐、文字、色彩、线条、画面，是各类艺术家表达人生和感情的媒介。如果我们的创作得以影响到别人，让人共鸣，就是另一种生生不息，如阳光永不止息地照耀世界。

当一个人用音乐、文字、色彩、线条、画面或多或少影响了他人的生活和精神，让阳光轻轻穿过人的心田，也就可能同时救赎了自己。

作为一个歌者的许巍，早期搏击的那些痛苦茫然、孤独艰辛，以及来自于对自己做音乐的选择的怀疑，直至后来获得的成就、心灵上的洞达，也都来于音乐，来自那七个阳光灿烂的音符，穿越世事艰难的遒劲旋律。

每次听《曾经的你》，就感觉像是专门为自己写的。从过去到现在，从梦想到现实，从懵懂到醒来，一切，尽在其中，具有无限的可言说性：

曾梦想仗剑走天涯　看一看世界的繁华
年少的心总有些轻狂　如今你四海为家
曾让你心疼的姑娘　如今已悄然无踪影
爱情总让你渴望又感到烦恼　曾让你遍体鳞伤
Dililidililidada...　走在勇往直前的路上
Dililidililidada...　有难过也有精彩
每一次难过的时候　就独自看一看大海
总想起身边走在路上的朋友　有多少正在疗伤
Dililidililidada...　不知多少孤独的夜晚
Dililidililidada...　从昨夜酒醉醒来

每一次难过的时候　就独自看一看大海
总想起身边走在路上的朋友　有多少正在醒来
让我们干了这杯酒　好男儿胸怀像大海
经历了人生百态世间的冷暖　这笑容温暖纯真

每个人的过往其实都一样——少年了。为梦出发了。爱了。受伤了。散了。成熟了。现实了。孤独了。悲凉了。绝望了。残酷了。灰暗了。梦碎了。中年了。顿悟了……

洗尽铅华了。光照草树了。又开始在路了。

当我们从往昔酸甜苦辣交织的迷茫况味，步入温暖明丽的世界，走向自然，有了属于自己的天马行空，简单纯真甚至旷达禅意，再回首：能够有幸来世上一场，天涯孤旅又何妨？

也许是，翩翩何所似，天地一沙鸥。

— 3 —

芸芸众生，各自走着自己的世俗路，追着似乎永不沾边的理想梦。既在岁月的轨道上踽踽独行，也在朝着更光明的方向成长。生生不息，以自己的方式各自精彩，生活和繁衍。且在能够来得及爱的时候，把最美的献给伊人。

这一切，都让人心充溢欢愉、欣赏和祝福。

《曾经的你》，就是曾经的我们。一念经心，花开尘世，依然带着几分少年的狂与野；深情如水，另有了几分从容与散淡，襟袖间暗香盈动。

繁华街区里，正午阳光下的车水马龙间，穿过千山万水，一骑白马，一袭褐衣，向我们走来，翩然。

无限——接近，
却
不能—达到

3 5

2012 年 10 月 26 日
拍摄于九寨沟

　　一开始喜欢上这首《悲伤的双曲线》，是因为它与我的居住地上海密切相关，它是王渊超于 1995 年读高中时写的。当时他在上一堂解析几何课，老师正在论证讲解"双曲线与渐近线只能无限接近不能达到"。这给王渊超带来了创作灵感，他随即在笔记本上一挥而就了歌词。放学后回到家，他拨动吉他，旋律顺着六弦琴的和弦转换畅然而出，《悲伤的双曲线》就此诞生。

　　每个人的专业背景都会影响他一生的思维方式和语言表达。一个正上着数学课的青涩小子，竟然能够以坐标轴、解析几何的迷宫让人们明白，完全规则化的数学图像，在爱着的人眼里，也会变得如此婉约伤感、妩媚万端。

　　人灵性中那些关涉两难抉择的苦恼、灵魂升迁的甜蜜、温情腾起的爱恋、两性靠近的渴念、神秘顿悟的澄明，都不是缺少灵动的麻木之人所能感触到的。而人生的诗意化就是这样建构的，即每一个禀有灵动感性的小我，都可以把个体的有限情感，纳入人类共有的无限中去，拨响人类共同的心弦。

　　"刘郎已恨蓬山远，更隔蓬山一万重。"感受这首歌——在这个世界上，还有什么能比得上有缘相识相知，却又无缘相聚相伴更让人感到悲伤的呢？

　　　如果我是双曲线　你就是那渐近线
　　　如果我是反比例函数　你就是那坐标轴
　　　虽然我们有缘　能够生在同一个平面
　　　然而我们又无缘　慢慢长路无交点

为何看不见　等式成立要条件
难道正如书上说的　无限接近不能达到
为何看不见　明月也有阴晴圆缺
此事古难全　但愿千里共婵娟

刘小枫说："人之为人，并不只是在于他能征服自然，而在于他能在自己的个人或社会生活中，构造出一个符号化的天地，正是这个符号化的世界提供了人所要寻找的意义。"

— 2 —

王渊超《悲伤的双曲线》拥有大量的歌迷，其原因何在？它又叩动了人们怎样的心弦？

是那种一见如故之感吗？忧伤的旋律，无奈的感叹，仿佛回到了一去不复返的高中时代的数学课，以及失之交臂的初恋。

是那种在错的时候遇到对的人时无可奈何、相逢恨晚的伤悲吗？或者他迟到了，或者你迟到了，或者双方都迟到了。

是你人生所有目标的确立与实现之间，永远相隔万重山的遗恨吗？在各种各样的背水一战般、毅然决然确立目标之后，却发现不管自己怎样竭力向着目标奋进，那目标总是遥遥无期，就像梦想和现实之间。

"生命本身就是缺憾，只是我们之中的有些人能够感悟到这份欠缺，而其他的人却不能够。"西班牙作家、哲学家乌纳穆诺如是说。

文学艺术与哲学共同的敏锐与伟大之处，就是展现人在爱的驱使下所产生的种种困惑、压抑、彷徨、愤懑、嫉妒、绝望、恐惧、怯弱、憧憬、挣扎、向往、死亡等。

爱情、理想、死亡，永远是人类文学艺术表现的三大主题，似乎人的一切悲欢离合都与这三大主题相关。三者之中，性爱是其他型式爱的创生典型，其原初性的最终目的在于种族的绵延，所以人类永远没有办法剥离清楚它其中的意志与感情成分。

当爱情展现出原始动物的状态，不可抗拒的本能迸发出的狂热驱使着两性结合的同时，常常会冲破道德和理性的樊篱。而深爱却不得的苦痛，也同样会使人滑进冲决道德与理性的深渊。

只有当惊鸿一瞥电光石火的激情燃烧之后，人才有可能理性地分析两性之爱中，那种冲决一切堤坝的义无反顾、飞蛾扑火冲击力中，欲望本能成分和感情成分相互交织的特性。

万物同理。人对所有目标和理想追寻的激情与动力，何尝不同样是欲望和感情的相互交织？你很难剥离出哪些是基于欲望的，哪些是基于感情的。因此，各种各样悲伤的双曲线之"悲伤"的形成，也就各呈万千气象了。

— 3 —

也许，并不是所有的悲伤都值得悲悯，一如并不是所有的追求和爱恋都能温暖人心。

处在悲伤中的我们，是否有过这样的理性沉思？

有道是：来的都是该来的，走的都是该走的。

有些距离，永远拉不近，就像有些距离，永远拉不远。

"还将旧时意，怜取眼前人。"

我——是
一棵
秋天的——树

36

2015 年 2 月 6 日
拍摄于前往巴黎的路上

最初喜欢张雨生主要源于他的三首歌，《我的未来不是梦》《大海》《我是一棵秋天的树》。

在我的意念里，梦想、爱、孤独，只要我存在一天，它们就会时时伴我，如影随形。

而张雨生的这三首歌，分别对梦想、爱、孤独所作的诠释，皆于我心有戚戚焉。

不知有多少次，在独处的深夜，在寂寥的黄昏，在安然的雨天，我一遍遍听它们。那种只属于张雨生一个人的金子般的嗓音，带着如水洗过一般的清亮透明，如碧空一鹤排云直上重霄九，引领我与之同行，把所有劳碌人生的沉重与繁杂远远抛在身后，渐行渐远，渐行渐轻。

在近三十年的国内音乐人中，最欣赏的有特立独行特质的人有三个，张雨生、窦唯、张楚。

这里的音乐人是狭义的，即那种能够基本独立制作音乐，比如词曲创作、母带录制、配乐等较为全才的人。

张雨生是一个天生的歌者，他金子一样的嗓音，邻家大男孩一样的纯净，内在自我的追求，骨子里的不媚俗，创作上能独当一面的才能——他能把乡村民谣、摇滚、蓝调、爵士、古典等各种风格的音乐融会贯通，并以穿透云层、穿透心灵的魔力演唱出来，同时兼顾词曲创作、母带录制、配乐等，不能不说是一个天赐之才与后天之才的合一。

喜欢静静关注那些佼佼者，远远地而又近近地注目那些卓有成就的人，不管在哪个领域。因为人最可贵的不是他来自何处，而是他去向何方。

福柯早就畅言："人生劳作的主要兴趣，是使自己成为不同昨日的另外之人。"

一个人完整生命的达成，要依赖多种潜能，如爱、认识、信任、创造、交流的潜能。所以，我想尽量走近每一个有目标、有心灵的人，倾听他的心声，关注他的足迹，感受他的快乐伤悲，然后，默默地惺惺相惜。同时也丰富自己，观照自己，提升自己。

而人的性灵，在本原上好比一种复调音乐，其中没有哪一种声音可以归结为另一种声音。把声音从复调中分离出来，并把握出其轻其重，在当下的和谐中倾听、辨识，总是让我愉悦不已。

置身凡尘，常常风高月冷，日暮途穷。唯有那些静立心灵窗前，看灯光擦亮暮色的时候，才会让我铭记如梦人生与世事无涯中，要尽量避免那些不该有的失之交臂，与每一个灵魂之侣在远隔千山万水的时空中紧紧相拥。

— 3 —

一向喜欢古典诗词中关于秋树的诗意表达：黄庭坚的"平原秋树色，沙麓暮钟声""天高秋树叶公邑，日暮碧云樊相城"；许浑的"晴山疏雨后，秋树断云中"；王冕的"白云渺渺生秋树，黄叶萧萧落晚风"；张祜的"秋树色凋翠，夜桥声袅虚"；张九龄的"江城何寂历，秋树亦萧森"。秋树，在古人的笔下，总是与晚钟、暮云、碧天、晴山、疏雨、黄叶、凉风等迷人之景之境相伴相生。

但让人产生蓦然回首、那人却在灯火阑珊处一般恍然顿悟的，却是张雨生的《我是一棵秋天的树》。甚至，为此更爱秋天，更爱秋天的落叶，更爱秋天铺满落叶的路。

张雨生的这首歌，声音是平静的，情绪是内敛的，情状是安详的，思想却是深邃的，是另一种的云淡风轻，坐看云起——

　　我是一棵秋天的树
　　稀少的叶片显得有些孤独
　　偶尔燕子会飞到我的肩上
　　用歌声描述这世界的匆促
　　我是一棵秋天的树
　　枯瘦的枝干少有人来停驻
　　曾有对恋人在我胸膛刻字
　　我弯不下腰无法看清楚
　　我是一棵秋天的树
　　时时仰望天等待春风吹拂
　　但是季节不曾为我赶路
　　我很有耐心不与命运追逐
　　我是一棵秋天的树
　　安安静静守着小小疆土
　　眼前的繁华我从不羡慕
　　因为最美的在心不在远处

自我的孤独，世事的匆匆，枯瘦的躯体，刀刻的疼痛，一切外在和心灵的苦痛，都无法动摇这棵树对春天的期待，对命运的抗争，对脚下土地的坚守。

秋天的树原本是自然界之常见物象，可当把它和人联系起来时，它已不再仅仅是一棵树。

马丁·布伯说："上帝来到人的面前，不是要人向往他、渴慕他，而是为了让人相信世界是有意义的。"

一棵树，它要想把自己的枝叶伸向高处、阳光处，它的根就必须向地下、向泥土、向黑暗、向深处挺进。人，不也像一棵树？

树有多高，根就有多深，就有多孤单，一如一个人对人生的理解有多深，他对痛苦的理解就有多深，所处的境界就有多孤独。

李泽厚曾经不无悲观地道："这个世纪末是一个无梦的世界。没有过去与未来，只有此刻的游戏和欢乐。""没有梦想没有意义没有魂灵的欢乐，还会是一种人的欢乐吗？"

可是，只要我们细细打量，梦想、魂灵、爱，其实还在，且一直都在，只是可能喧嚣的现实扬起的灰尘太大，遮蔽了它们，或者遮蔽了我们的双眼。静下来，轻轻拂去那些尘埃，梦想、魂灵、爱和我们，都会清亮晶莹如初。

从这个意义上说，很多歌曲和音乐都不只是情歌，可以治疗情伤，更能给芸芸众生带来清溪和希望。

只　因
一往
情　　深

37

2012 年 10 月 26 日
拍摄于九寨沟

尽管很早就喜欢周传雄的歌，深爱他的《黄昏》《最后慢舞》《寂寞沙洲冷》《青花》等，但知道这一首并为之深深震撼，却是源于一个好友。

已经彼此熟悉很久，但在此之前只是淡淡来淡淡去的相处，见面招呼一下。知道他已过不惑之年却依然单身，爱好广泛性格也算开朗，余下一概不晓。

深知天地之间一花一世界、一沙一天地的道理，更知道每个人都是一个独立的世界，都是一座风景各异的山。

总以为日常生活中常见的许多人对别人的种种看不惯，种种指责甚至抨击，其实质不过是因为那人和我们不一样而已。或者是在以己之长比人之短，以己是非尺度量人家是非。

岂不知，"我"只是"我"，"我"不代表正确，也不代表正义。所以一向和人相处，不愿打听人家长短，除非人家主动告诉；更不愿跟着人云亦云说三道四，对人的行为指手画脚，尽量避免在轻易间伤了人。

偶然一天，这个好友说了他至今未婚的故事——大学期间，他和一个女孩深深相爱，但大学刚毕业时，作为独生女的女孩的父母要调回北京，她必须跟去。而此时这个好友的父亲刚查出癌症，身为长子的他无法跟随去北京。痛苦纠结一番后，好友不忍心直接和女孩告别，就和女孩父亲说自己已有女友了。

女孩不知真情，以为自己遭遇了背叛，伤心欲绝跟随父母到了京城后依然无法释怀。父亲为化解她的心中痛，就把她送出国读书。谁知半年之后，女孩在异国出了车祸……不久好友接到大使馆的通知：那个女孩有一箱子东西是给他的。

他很震惊，取回来打开，满满一箱子女孩在异国收集的各种茶壶，而这东西是他的最爱，还有厚厚一沓子给他的信。信中说的都是：她一直还在深深爱他，无论如何也忘不掉，连同他的爱好也忘不掉。不管到什么地方，她最先要做的事，就是去找各种各样的瓷器店、工艺品店、茶具店，买他喜欢的茶壶……

从此之后，只要这个好友去京城看望女孩的父母，女孩母亲就会痛哭，对着他，对着女孩的父亲："是你们害了我女儿，一个欺骗她说爱上了别人，一个把她送出国门送上死路，是你们俩害了她。你们还我女儿，还我女儿……"这状态，一直持续好几年。

"开始那几年，这事儿不能提，一提我就痛楚万分，天地都是塌着的。多年后，我经人介绍处了一个女友。但相处三年，我却一直迟迟不想结婚，就不断换房子、装修房子以拖延时间。我知道我心底还是觉得对不起前面的那个女孩，和谁结婚都对不起她。可是我这样做也就又伤了这个女友。所以我后来工作上遇到一点麻烦，她就举报我，说我有存款、有房产，结果害得我进了局子。待我澄清无罪出来，却发现她已经把我的所有钱款和两套房子，都过户到了她名下，我已一无所有。我们这样自然就分开了。"

"经过这两件事，我再也不想和谁结婚了。心，就像周传雄唱的那首《关不上的窗》。"

然后这个好友给我看了他第一个女孩的很多照片，长发，大眼睛，白皮肤，纯净而可人，很温婉很乖巧的那种女孩。

— 2 —

第一次打开周传雄《关不上的窗》，立即被那凄美的旋律、刺痛人的歌词深深吸引了：

我听见寒风扰乱了叶落

在寂寞阴暗长居住的巷弄

我听见孤单在隐忍的夜晚

是被爱刺痛啜泣着的胸膛

我是心门上了锁的一扇窗

任寒风来来去去关不上

这些年无法修补的风霜

看来格外的凄凉

风来时撩拨过往的忧伤

像整个季节廉价的狂欢

让我们从头来吧如梦如幻

我听见拒绝又嘲笑了黑夜

我只是寒冬向着西北的窗

我听见孤单在隐忍的夜晚

是被爱刺痛啜泣着的胸膛

我是心门上了锁的一扇窗

任寒风来来去去关不上

这些年无法修补的风霜

看来格外的凄凉

风来时撩拨过往的忧伤

像整个季节廉价的狂欢

让我们从头来吧如梦如幻

我是心门上了锁的一扇窗

任寒风来来去去关不上
这些年无法修补的风霜
看来格外的凄凉
风来时撩拨过往的忧伤
像整个季节廉价的狂欢
让我们从头来吧如梦如幻
我听见拒绝又嘲笑了黑夜
我只是寒冬向着西北的窗
我只是寒冬向着西北的窗

人生一世，总会有一件或几件刺痛人心的感情之殇，诸如破碎难圆的初恋，失之交臂的至爱，心怀愧疚的辜负，等等，甚至关涉一生中难以忍受的病痛折磨，肝肠寸断的生死别离，猝不及防的亲爱永诀。

痛痛的，皆因一往情深。只有爱，才有痛；爱有多深，痛就有多远。

"心若不动，风又奈何。你若不伤，岁月无恙。"每每看到这样的所谓宽心励志之言，都会在心中浅笑——生而为人，血肉筑成，心怎可以不动？人怎么可能无情？不动不伤，不是金石就是顽石。如若这般金石顽石一样，要那长长的岁月，又有何意义？

冷着，也暖着；爱着，也恨着；伤着，也慰着；依恋着，也抗拒着；向前着，也回望着；清醒着，也沉醉着；欢笑交织着，也涕泪交加着；醍醐灌顶着，也在旅迷失着——在一步三折中走着这有来无回的人生逆旅，也许才是芸芸众生一辈子的应有本真。

也因此，那些"锦瑟无端五十弦，一弦一柱思华年"的痛追往昔，那些"庄生晓梦迷蝴蝶，望帝春心托杜鹃"的泣血生死恋，那些"沧海月明珠有泪，蓝田日暖玉生烟"的自哀自怜，那些"此情可待成追忆，只是当时已惘然"的怅惘伤心等人间至情，总会让我长久驻足、时常回望。

— 3 —

每次听这首歌，都会想起那个好友，也会想起他曾经在自己文章里写过的一句话："在繁华如烟花的世界之下，有人在唱歌，稳稳地幸福。有人在哭泣，无声无息泪如雨下。"

也都会想起《红楼梦》最终的场景：贾宝玉出家。

虽然不知道参过禅也读过《庄子》的宝玉，最终将会皈依佛与道的哪一家，但是，这个从大荒中来，回大荒中去的寓言，却也同时给人一个深远的慰藉，作为女娲补天石的宝玉前世，就是这混混沌沌天地间的一个灵根，他以自己的行为向黛玉奉上了矢志不渝的一颗心。

不管这世俗的烟尘世间有多少"人情似纸张张薄"，有多少"世事如棋局局新"，又有多少"人情翻覆似波澜"，有多少"等闲变却故人心"，依然坚信还有一些人在坚守"曾经沧海难为水，除却巫山不是云，"坚守"何地无芳草，惟此青青"。

也许，正是这些带着伤痕累累的坚守，这些寂寥无语的人，才使得这个处处弥漫功利和权色交易的世界有了些许意义，有了些许温暖，有了些许救赎——毕竟还有一些坚如磐石的情感在，还有一些不移的人心在。

常默默祝福：期望这个好友以及和这个好友一样的人，能够早日走出来，找一个彼此相爱的人，建一个家，护佑人也被人护佑，然后两个人一起为人父母，在孩子的欢笑声，在炊烟袅袅和小桥流水中淡化过去，重建未来。

毕竟，救赎爱之殇的，唯有爱自身。

也毕竟，每个人只有一生，只有一生。

如梦幻　泡影，
如露
亦　如电

38

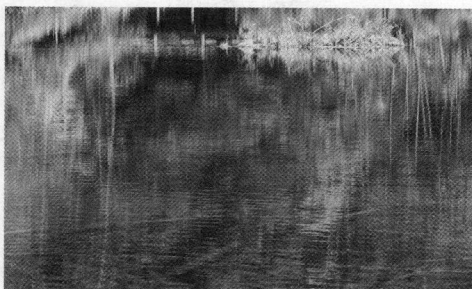

2012 年 10 月 26 日
拍摄于九寨沟

每一首我们喜欢的老歌背后，也许都有一个小故事。

不久前的一个午间，和一好友在微信里聊起零点乐队。好友说："零点乐队最好的歌，名叫《爱不爱我》，歌词开头是'找个理由让我平衡……'。还有一首叫《离不开你》，都是这风格的代表作。你不是写博吗，这两首歌都是人民群众的语言，很好很生动。"

看后，不由大笑。而后上网搜索歌词，才知道《离不开你》是上个世纪 80 年代末期刘欢为电视剧《雪城》演唱的主题曲。因为它那实话加废话的唱白，更因为大师级歌手刘欢的真情演绎，它曾经风靡于当时的大街小巷。而近两年，因翻唱此歌而一夜成名的歌手也有好几个，如黄绮珊、邓小坤、朱克、肖洒和胡海泉等。大千世界，真是你方唱罢我登场，从来就没停止风云变幻过。

于是，遍听诸位歌者，用心体会各位歌手的奥妙与高低。

相较之下，深以为肖洒和胡海泉的和声演绎的《离不开你》，在诸家之上，甚至超越了原唱刘欢。

就艺术表达而言，和声的运用是胡海泉、肖洒此歌的成功所在。

在这个 MV 里，开篇即是胡海泉的边弹边唱。那极富男性气质的全身心投入，如念如诉，如顿如挫，如癫如狂，似狂风卷地，又似骤雨倾盆，完全是沦陷后的忘我和忘情，痛感十分，也霸气十足：

你敞开怀抱融化了我

你轻捻指尖揉碎了我
你鼓动风云卷走了我
你掀起波澜抛弃了我
我俩太不公平
爱和恨全由你操纵
可今天我已离不开你
不管你爱不爱我

而后，是肖洒那以婉约缠绵、百步九折为风格的跟随，如泣如诉，如怨如慕，代表了女性的痴迷和沉醉：

你敞开怀抱融化了我
你轻捻指尖揉碎了我
你鼓动风云卷走了我
你掀起波澜抛弃了我
我俩太不公平
爱和恨全由你操纵
可今天我已离不开你
不管你爱不爱我

最后又是代表雄性气质的胡海泉上来收尾。两句是又痛又甜的歌唱：

可今天
我已离不开你

不管你爱不爱我

一句是不管不顾的表白：

不管你爱不爱我

在调性音乐中，和声的意义同时具有功能性与色彩性。而在音乐的和声里，两个人的合唱是最小规模的多声部音乐。

胡海泉、肖洒的这一对唱，以两个声部表现一个旋律，交错进行，传达同一个爱情主题，那就是"离不开你"。离不开你，此情此景下是男人的，也是女人的；是豪放的，也是婉约的；是刚性的，也是柔性的。和声手法的精妙于此俱现。

— 3 —

所有直抵人心的经典歌曲里，非爱情主题的极少。

在人类所有的情愫里，恐怕没有哪一种能够像爱情这样美好，也没有哪一种能够像爱情这样具有破坏力，这样虚幻缥缈。

尽管如此，爱情依然是人类永恒的精神慰藉。也许，爱情因为虚幻才美好，因为美好才留恋，因为留恋才付出，甚至付出生命也在所不惜。

但是，在哲学家理性的视域里，却有另外的观照角度。

西班牙哲学家乌纳穆诺说：性爱是其他型式爱的创生典型，其原初性的最终目的在于种族的绵延，所以人类永远没有办法剥离清楚它其中的意志与感情成分。

当爱情展现出原始动物的状态，不可抗拒的本能迸发出的狂热驱使着两性结合的同时，常常会冲破道德和理性的樊篱。而深爱却不得的苦痛也同样会使人滑进冲决道德与理性的深渊。于是，爱呈现了某种悲剧性的破坏力。欧里庇得斯的《美狄亚》、索福克勒斯的《俄狄浦斯王》、莎士比亚的《罗密欧与朱丽叶》等，对这种悲剧性的破坏力都作了深刻的表现。

于是，早有诸多洞达人生和人性的先哲和智者试图向人们明示爱情的这些真谛：

"爱是一种精神疾患。"公元前4世纪的古希腊哲学家和科学家泰奥弗拉斯托斯如是说。

莎士比亚道："爱情不过是一种疯病。"

约福特说："爱情是心中的暴君；它使理智不明，判断不清；它不听劝告，径直朝痴狂的方向奔去。"

梅斯菲尔德亦明言："爱情是耗尽锐气的激情，爱情是置意志于一炬的火焰，爱情是把人骗入泥潭的诱饵，爱情将剧毒抹在命运之神的箭上。"

《离不开你》所呈现的爱之状态，其实就是这样一种在对方的狂风急雨中，被融化、被揉碎、被卷走甚至被抛弃之后，迷失状态中的不管不顾、如癫似狂。

— 4 —

胡海泉、肖洒的用心演绎，在氛围烘托和场景制造上，最突出的是成功凸显了爱情最锋利的一把剑：霸气。

霸气，在通常情况下，兼具了强横霸道、勇武雄伟、强悍刚毅等特性与气质，甚至蕴含着一种霸王气象，本身就具有一种潜在的令人犯晕的迷人因子。

在人们的意识里，霸气简直就是舍我其谁王者风范的同义语，是胸有成竹潇洒气度的近义词，是蔑视丑恶坦荡胸怀的如是观。

试看古今中外，那一意要"彼可取而代之也"的项羽，"大风起兮云飞扬，威加海内兮归故乡"的刘邦，"振衣千仞冈，濯足万里流"的左思，"仰天大笑出门去，我辈岂是蓬蒿人"的李白，"壮志饥餐胡虏肉，笑谈渴饮匈奴血"的岳飞，"我自横刀向天笑，去留肝胆两昆仑"的谭嗣同，"数风流人物，还看今朝"的毛泽东，"如果我知道会失败，就不会参选"的奥巴马，哪一个的霸气不是让世间的男女老少跟着叫好？

而爱情中的霸气，尤其是男人的霸气，同样有着非同一般的杀伤力。就像一片氤氲着的烟岚，它会让女人产生多方面貌似真实的感觉：伊人爱我爱得已经忘乎所以，可以为我放弃一切；伊人那么强悍有力，我和他在一起最安全；他可以像霸王那般为我遮风挡雨，护卫我安全航行一生一世。如此，还有什么可犹豫的？

于是晕倒，几乎完全丧失了分辨力。

— 5 —

这首歌的另一惑人迷人之处，是它的歌名。

且不说用作歌名了，即便是在烟熏火燎的厨房中，关于柴米油盐酱醋茶的一句"离不开你"，也足以让人欢喜让人开心，瞬间找到自我存在感。

一切的深爱都具有母性性质。母性的深处，是怜悯，是被需要，是悲悯，是想把世间的一切柔弱揽入自己的怀抱，让它们都染上母爱的柔光。

当一个人开始对另一个人产生母爱般的情怀时，就开始陷入了。

"离不开你"这句话背后的意蕴太丰富，但其根底，是它最能激发我们灵魂中的母性情怀。

可是，这人世间真的有那么多的"离不开你"？

有时候，当我们摩拳擦掌跃跃欲试要奔赴战场，或者是想迅速来一场爱情盛宴的时候，是不是需要静一静，暂且让子弹飞一会儿？

当子弹飞一会儿之后，也许就烟消了，雾散了，云去了。

烟消了，雾散了，云去了，我们想去的彼岸也许就没有那么迷人了。

"一切有为法，如梦幻泡影，如露亦如电，应作如是观。"《金刚经》如是言。

朋　友，
别　　哭

2012 年 12 月 27 日
拍摄于内蒙古

　　大约是 1997 年，电视台播放台湾电视剧《情浓半生缘》。从第一集开始，我就被它的主题曲《朋友别哭》吸引住了——

　　有没有一扇窗，能让你不绝望。看一看花花世界，原来像梦一场。

　　有人哭，有人笑，有人输，有人老，到结局还不是一样。

　　有没有一种爱，能让你不受伤。这些年堆积多少，对你的知心话。

　　什么酒醒不了，什么痛忘不掉，向前走，就不可能回头望。

　　朋友别哭，我依然是你心灵的归宿，朋友别哭，要相信自己的路。

　　红尘中，有太多茫然痴心的追逐。你的苦，我也有感触。

　　有没有一种爱，能让你不受伤。这些年堆积多少，对你的知心话。

　　什么酒醒不了，什么痛忘不掉，向前走，就不可能回头望。

　　朋友别哭，我依然是你心灵的归宿，朋友别哭，要相信自己的路。

　　红尘中，有太多茫然痴心的追逐。你的苦，我也有感触。

　　朋友别哭，我一直在你心灵最深处，朋友别哭，我陪你就不孤独。

　　人海中，难得有几个真正的朋友。这份情，请你不要不在乎。

　　而后，循着它的歌唱者吕方的名字，很快喜欢上了吕方的众多歌曲,像《每段路》《爱一回,伤一回》《地久天长》《从未如此深爱过》等。买回当时能买到的他的 CD,有事没事的时候一遍遍循环着听。

— 2 —

看吕方的人,听吕方的歌,感觉每一首都好似有生活的痕迹,却极少刻意修饰,而一任真切演绎。那种绝无称王夺冠霸气的朴实真挚,犹如一泓缓缓溪流,在一个个春江花月夜流入心里,叫人默默喜欢、默默爱恋。甚至觉得吕方的做人也是那么可人,亲和低调,又不失男人味,就像发达后却自始至终低调微笑的邻家大哥。

从那时到现在,一晃二十年过去了。

生命如同太阳和月亮,起起落落之间,我们不知不觉就是一生。无论怎样追求,怎样拥有荣誉、地位、钱权诸等,也无论生活中有人赢,有人输,有人笑,有人哭,到结局都是一样会变老,会死去。春华秋实,夏雨冬雪,潮起潮落,花开云去,四季交替,斗转星移。生命,从自然中来,也将归于自然中去。最终处,都得化作一缕轻烟,飘向虚无。

什么酒都得醒,什么痛都得忘,繁世一场,终究如梦。

如此带有荒诞色调的生命底色中,亲情、友情、爱情就成了温暖我们的一抹亮色。

"世间最美好的东西,莫过于有几个头脑和心地都很正直的严正的朋友。"爱因斯坦如是说。培根也曾在《随笔集》坦言:"没有真正的朋友实在是凄凉孤独。如果没有朋友,这世界只是荒野一片。"

正因如此,就连那些传达莫逆之情的词语不经意间出现在眼底时,诸如白首同归、高情厚谊、倾盖如故、莫逆于心、心照神交等,都会惹得人顷刻间怦然心动，心中有暖意升起。

— 3 —

友情本身哑默无语，重要的是目光和行动。

彼此之间的关注、关照、呵护、怜惜，只有在寻求彼此情谊的意识中交流时，友情才开始了它的生命。

这交流，不只是语言。语言，只是很浅很浅的一面。核心，是目光中的冷与暖，是如何做，能为对方做什么，实际做了什么，什么时候做的。

锦上添花可有可无。但在墙倒众人推的时候，在有人对我们恶意中伤、落井下石、乘人之危时，朋友是那个雪中送炭的人，那个一如既往支持我们的人，那个死心塌地相信我们的人，甚至只是默默陪伴我们的人。就像《史记·鲁仲连邹阳列传》所言："感于心，合于行，亲于胶漆，昆弟不能离，岂惑于众口哉。"

大是大非之外，细微之处也见真情。在假话，虚话，讥讽与嫉妒之话、之行为漫山遍野，朋友是那个对我们直言、真言、谏言、箴言的人，是那个帮我们、助我们、推我们一把入门的人，是那个看着我们不断向上、向善、向真、向美而笑颜如花的人。

古罗马时期的西塞罗在他著名的《朋友论》中说："朋友是另一个自己。"

友情的相随相助，最温暖的，是携手，有形的更是无形的；最温馨的，是拥抱，在对方遍体鳞伤、痛彻心扉时；最贴心的，是默默陪伴，在对方黯然神伤、沉入低谷时；最亲切的，是无声中走近，拍拍头，拍拍肩，在对方陷入僵局、一时半时回不过神来时。

友情的动力之源仍然是大爱，那种基于互相理解、认同、赞赏的大爱。因为一切的鼎力相助和追随，背后都是爱，是悲悯。爱惜，爱怜，爱护，悲天悯人。只有爱才能激发潜在的意志去甘心情愿地行动，无怨无悔。

也因此，真挚的友情有某种神性意味——特别当两颗心能够超越性别，超越地位，超越身份，去一同领受、一起体味某种静寂的心境，或者能够一同感知、一起体悟某种情绪的浑穆，能够为某种梦想、某种情境、某种关注、某种目标而微笑欢愉、而开怀激动的时候，带有神性结盟的友情就随之产生了，灵魂的共振也随之显现了：

我们的心灵，犹如一匹野马，美丽而狂野。

为此，爱默生在《友谊》中理性又感性地写道："朋友是自然的一种反论。我是孤独的，在自然中一无所见，却能以我的存在来证实他的存在，他在高度、多样性、奇特性上的坚持均与我相似，在异体形态中得到肯定。因此，朋友是大自然的杰作。"

于是，我们会感觉成为挚友的人，能够穿越我们心灵的旷野，在别人都不曾走得那么远、没人来过这里的时候。所以，真正的友情常常会带上淡而远的慈爱性质，会感到对方具有一种惺惺相惜的令人心醉的美，并因之烙下了饮血结盟的印记，有了牢不可破的砥柱味道。

— 4 —

尽管世事无常，生死缥缈，可当人们为了自己和亲人的生存而奔波劳碌，为实现自我而挑战命运，为站立社会而投身人群，为寻求知己而流浪在路、守望一方，会不由自主陷入得与失的种种欢欣与失落中。

正是因为红尘中有太多茫然痴心的追逐，才使得短暂的逆旅色彩缤纷，有着自己的开端、发展、高潮、尾声人生四部曲。一路走来，谁给我们撑过伞，谁温暖我们的眼，谁对我们说那些触动心灵的知心话，谁为我们湿过脸，谁抚慰我们的伤痕，点点滴滴都会记心间。

那些藏在人心灵最深处的朋友，和我们同行一程的伙伴，默默陪我们孤独的哥们，在不同时刻、不同阶段出现在我们怅惘迷惑时，孤寂无依时，跌落幽谷时，挫败惊惧时，一败涂地时，封冻笑颜时，痛失爱侣时。一句轻歌"朋友别哭，我依然是你心灵的归宿……"足以让我们尽快擦干泪水，洗去血迹，安顿自己，蓄积逆袭，东山再起。

"周围都有好朋友的人，比四面楚歌的人不知幸福多少。"卡内基夫人如此道。

因为，我们知道在这个风霜雪雨交织的世界上，谁都不是一个人。

深▬闭门，
任
雨打▬梨花

40

2015 年 4 月 8 日
拍摄于上海奉贤郊外

一见钟情这事儿不只是对人，一个城，一座山，一首歌，都是一见钟情的对象。

且这个情，如若一见不钟，再见、三见、N 次见，都难钟。日久生情的情可以有，但绝不是一见钟情的那个情。

有心理学实验为佐证：英国的赫特福德大学教授魏斯曼主持的大规模快速约会实验表明，一见钟情的发生时间是三十秒。

钟情许巍的歌，差不多就是用了三十秒。那是十多年前的一个中午，金秋十月，因参加一个会议正走在北大校园的一条小路上，突然从校园的广播里传出了那首《蓝莲花》。

只一瞬间，就被那穿越厚厚年代的深沉吟唱迷住了，仿佛自己正置身在辽远的旅途，是一个漂泊了很久的游子，脚下是不知归期的漫漫长路。而许巍的那歌，似乎从洪荒时代开始就在此处等着了。

玛格丽特·杜拉斯的那句话也许最贴近真实："如果你没有体验过激情，你在生活中就什么也体验不到。"

喜欢就会穷究。从那之后，收集许巍的所有专辑，循环往复听许巍的歌，成为自己愉悦时空的一部分。总感到许巍就是一个边走边唱着自我心事的人，而我恰巧懂了。

在我心里，许巍的歌就是另一个自己。听他的每一首歌，都像是进入远古时期一个没有任何污染的世外桃源。

许巍《世外桃源》里的吉他声音，让人安静，净化、过滤繁杂，可以在瞬间让人出离纷扰的世俗和沉重。

而他最著名的那些歌，如明沙静水的，如暮云春树的，如少年维特的，如归期无期的，如落日烟雨的，如新月疏星的，都耳熟能详。

沉浸在许巍的歌中，一句句感受着那些歌词，深刻又直白的歌词，如经典黑白奥斯卡片，每一个画面每一句台词，都会重重敲着人的胸口，却让人欲说无言，只剩下一声轻叹。

常常有幻觉——深夜，一个人静坐窗前，看回忆漫天，灰暗的，透亮的，黄沙的，黑云压城的。而远方，不知何人的泪水，化作倾盆大雨，漫住了回不去的那条街。

那些年常常出差，记不清有多少次，一根耳机线，连接许巍的那些歌，尤其是《世外桃源》让我安静地一个人在机场候机，吃饭，一个人拖着拉杆箱，走在异乡的街区，一个人逛街，滞留书店，一个人在偏僻客栈，看小小水池里的光影重叠，一个人快乐得忘乎所以。

此刻我在远方思念你

桃花已不觉开满了西山

如梦的旅程因你而觉醒

涌出的泪水模糊我双眼

从人间到天上　从天上再到人间

这生生世世的轮回变幻无常

美人你一直是我的春天

你是我生命中的世外桃源

此刻我在远方思念你

九月的海风轻抚这秋天

如梦的旅程因你而觉醒

我看到终点清静而光明
从人间到天上　从天上再到人间
这生生世世的轮回变幻无常
美人你一直是我的春天
你是我生命中的世外桃源

— 3 —

人生不过是一段旅途，幸运的是遇见许巍的音乐。

无论欢乐还是悲伤，人生都不会再回头，也无法回头。但此生，足矣。每个人只是在向远方行走，直到自己的天尽头。

极少注意一个歌手的外表装束，但会凝视他们的眼睛。每个人都是一座城，眼睛就是城门和窗口。不懂那双眼睛，那座城就是一个死角。

许巍的歌，就是许巍的眼睛。凝视许巍的眼睛，能看到激流在山里的小河中流淌，看到荒林历经春夏秋冬，对一阵阵狂风勇敢作战，看到废墟在峻峭的山崖上，有柔曼的常春藤攀缘而上。那一切所有，如许巍这首歌所唱，它是很多人生命中的一个世外桃源。

那些时候，会闭上眼睛，深闭门，任雨打梨花。

一切　　尽在
不言　　中　　　　　　41

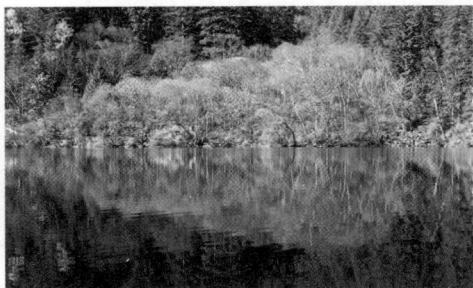

2012 年 10 月 26 日
拍摄于九寨沟

台风来了。

假日的妙处之一，在于可以充分享受起居无时、惟适之安的自在自得和无拘无束。

昨晚夜阑无眠时，索性悄然起身，拉开占据一面墙的客厅玻璃窗纱，静静窝在鸟巢一般的柔软沙发上，看窗外的灯光下台风"菲特"来临带来的风雨世界。那雨落草丛、雨落树叶的样子，那风吹树梢的摇曳之状，别有一番晴日里没有的宁静和安详。

在古人眼里，雨，是滋养天地万物、化生芸芸生命的象征。《释名·释天》："雨，羽也，如鸟羽动则散也。雨水从天下也，雨者辅也，言辅时生养也。"《易·系词》亦言："云行雨施，品物流行。"天地之间，怎么能没有雨呢？

每一个风风雨雨来临的日子，都是换了人间的时刻。上天这种不断降临的润泽，让血肉之躯的人之心一次次回眸，在寂然中享受天地慈爱的轻抚。

想起海德格尔晚年的四元说：世界，乃是天地人神四元聚集的世界，它们彼此相处一体，不可分离。

而此时此刻，雨从天上来，雨落大地上，人在风雨中，神呢，神在何处，神是否与天地人共在？

"夜阑卧听风吹雨，铁马冰河入梦来。"陆游的这"铁马冰河"，是梦中之象，还是彼岸之神？是一腔抱负不能实现的实实在在的惆怅，还是欲说还休的此时无声胜有声？这样的理想之爱、家国之爱和爱情之爱，最高境界也许都是一切尽在不言中吧。

戴上耳机，打开基思·惠特利（Keith Whitley）的那首表达历久弥新之爱的《一切尽在不言中》(*When You Say Nothing At All*)。

— 2 —

出生于美国密西西比的基思·惠特利，无疑是 20 世纪末期乡村乐坛的一个天才。他的创作与演唱，都带着浓郁的天才成分。从八岁学会弹吉他开始，一直到 1989 年三十五岁去世，他划出了璀璨的一生轨迹。而他的演唱，最能体现一个天才人物的特质：感觉敏锐，富有激情，纯净自然，有如赤子。他的代表作《一切尽在不言中》，把他那种兼具酒吧音乐与乡村音乐的质朴的嗓音，呈现得一览无余，也因此直抵人心——

It's amazing how you can speak right to my heart.

Without saying a word, you can light up the dark.

Try as I may I could never explain.

What I hear when you don't say a thing.

The smile on your face let's me know that you need me.

There's a truth in your eyes saying you'll never leave me.

A touch of your hand says you'll catch me if ever I fall.

Yeah, you say it best when you say nothing at all.

……

但凡经久不衰的名曲名歌，都有着它独到的打动人心之处。

一个深度心理学研究资料显示：一个成熟称得上真爱的恋情必须经过四个阶段，那就是：共存、反依赖、独立、共生。

共存，热恋时期，双方不论何时何地总希望能腻在一起。反依赖，在情感稳定后，至少会有一方想要有多一点自己的时间做自己想做的事，这时另一方就会感到被冷落。独立，是第二个阶段的延续，一方或者双方要求更多独立自主的时间。共生，相处之道已经成形，彼此已成为最亲的人，一起相互扶持，开创人生，互相成长。但是，大部分人都通不过第二或第三阶段，而最终选择分手。共生，乃是婚恋关系的最佳境界。生物学上的共生（Commensalism），指的是两种不同生物之间形成紧密互利关系，一方为另一方提供有利于生存的帮助，同时也获得对方的帮助。爱侣间的共生关系何尝不是如此？彼此之间灵与肉相互激荡、相互碰撞也相互交融，如此相携相伴、共创新生，在心有灵犀中默默相守相依，直至永诀于世。

— 3 —

也许，每个人一生中在心底寻觅的人，不是能够一起狂欢的，一起高歌猛进的，而是能够一起静默相守的人。在黄昏，在深夜，在旅途，在旷野，在客船，在雨中，在月下，在锅碗瓢盆碰撞声中，能够守在身旁一起静默无声的人。

很多人心中的渴念之一，就是和一个人静默无语，无声在一起，直至地老天荒。

前提是，那人必须和你一样，有着一份和你一起静默无语、无声在一起的渴望。而更深处，是伊人懂得沉默的意义和美好，就像懂你一样。

几年前读比利时作家莫里斯·梅特林克（Maurice Maeterlinck）的《谦卑者的财富》，惊异于他在这本小书中对灵魂归宿的苦苦探求，在这个重物质而轻精神的时代。开篇即是论沉默。其中让我永记心中的句子是：

"我们彼此还不了解，所以还未敢一起保持沉默。"

"只有人们在相处时敢于沉默的时候，才是真正灵魂的相遇时候。"

荀子说：言而当，知也；默而当，亦知也。

白居易说：此时无声胜有声。

纪伯伦说：虽然言语的波浪永远在我们上面喧哗，而我们的深处却永远是沉默的。

佛经更有云：一默如雷。

在一起总是叽叽喳喳或喁喁细语说个不停的恋人，其实还在走向对方的路上，尚未真正抵达对方。

在秋日的郊外，树林里，原野上，漫步，无语，在暖阳的斜照下，缓缓穿过一望无际的旷野和丛林，听风吹树梢的声音，松树上干枯的松子壳落到地上的声音，脚踩在落叶上窸窸窣窣的声音，整整一个下午。这，梦一样的时光。一如郑板桥"删繁就简三秋树"。

古今中外，人神共在共通的时刻，都是静默无语的时刻，诸如向上帝祈祷的时候，向死者默哀的时候，向佛祖默默祈福请罪的时候。

沉默的根下，是无以言表的珍惜、怜爱、不舍以及心心相通。

而人苦痛到极致的时候，泪水和语言都是多余的。

语言的极限是沉默，爱的极限就是能一起沉默。

恨极无言，爱极亦是。

明代画家祝允明有言："绘事不难于写形而难于得意，得其意而点出之，则万物之理，挽于尺素之间，不甚难矣……不知天地间，物物有一种生意，造化之妙，勃如荡如。"宗白华也曾道中国绘画"往往是从直观感象的摹写，经活跃生命的传达，升华到最高灵境的启示"。

音乐、歌曲，何尝不是如此？

爱就一个字，很多时候说与不说都不重要，重要的是你在无声中能听出它的弦外之音，并在无言中奏响你心灵的和弦。

基思·惠特利的《一切尽在不言中》经久不衰的魅力，也许就在于它道出了这种深爱的真谛。

音乐是　　唯一的
宇宙　　　通用
的　　　　语言

42

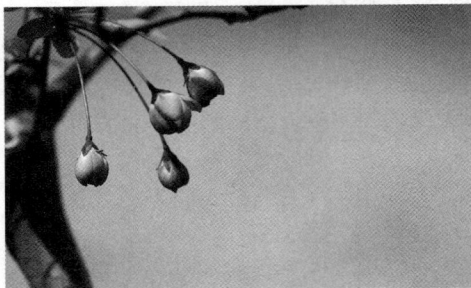

2016 年 3 月 29 日
拍摄于小区

理查德·胡克说："音乐是唯一的宇宙通用的语言。"

无论置身于怎样喧嚣的世界，音乐都可以迅速让我进入自我时空，建一所房子，面朝大海，春暖花开。

有时会跳出音乐叩问自己：为何会对音乐这般迷恋？那些古典名曲、浪漫与乡村经典，或爵士、摇滚、重金属，抑或朋克、电子，甚至灵乐，为何总是让我驻足流连、痴迷忘返？音乐，在全世界为何一直让那么多人追逐沉湎？

大千世界，众生芸芸，虽然有着民族、风俗、文化、男女、老幼、衣食、住行的巨大差异，但却共同拥有着属于精神层面的共同东西——激情、灵性、想象、爱恋、悲哀、欢乐、苦恼、希望，以及个人的命运、际遇、苦难和追求。

这些，几乎都以隐形的方式存在于每个人示人的面孔后面，很难为人所知，甚至有时候连自己都不明晰它们的存在。而对这些形而上的诸等神秘地带，音乐，总是能够以其超语言的属性触摸到，如风吹涟漪起一般唤出我灵魂中最真的部分，让我得以知晓自己和他人的截然不同之处，知晓自己的心灵层面是什么样子的。

在各不相同的音乐中，和自己隐藏着的激情、灵性、想象、爱恋、悲哀、欢乐、苦恼、希望相逢，和自己的命运、际遇、苦难和追求相遇。只有在这个时候，才知道人生有多少苦，多少甜，多少伤心，多少欢悦，多少爱恋，多少厌倦，多少挫折和失败，多少梦想尚未实现。

而这些，又都是孤独与短暂生命最需要的东西。

正因如此，每一次的音乐沉浸，都让人静思、凝神、明觉，给人温柔、安慰与寄怀，也让人感受天意、仁德和化境。那种只有心灵才有的温润安适之感，就像回到久违的故乡。

没有什么比音乐更能穿越人心灵的旷野，就像阳光穿透水晶一般。那些通向灵魂的最幽深部分，都会被音乐的光芒照得通亮。在那里，音乐幻化成一种最温柔亲切的慈爱语言，抚慰人心。

一个人对一种东西的痴迷，有时候是源于某个震撼的契机出现。

大约从多年前领略到经典大片《勇敢的心》和《泰坦尼克号》中的风笛音乐系列开始，爱尔兰风笛就已令我一往情深，这么多年来它一直让我着迷。

喜欢它那六管相连的有点古怪的朴实样子，更喜欢它甜美舒适的音色，宽广悠远的音域，混合圆润的音质。倾听之中，会明晰感受到在营造飘逸又哀婉的氛围上，在表达散漫慵懒、纯朴和野性的意趣上，无论是高地大风笛，还是爱尔兰战地风笛，还是意大利风笛，都无法和它相比肩。

总以为作为一种音乐话语，爱尔兰风笛是一种处女的语言，纯净透明到似乎不沾染一点杂质。它最适宜纯粹又孤独的吟哦，最适合倾诉纯洁洒脱的流浪和寂寞。相较于高亢振奋、鼓舞人心的苏格兰风笛，爱尔兰风笛带上了我喜欢的明显的哀婉忧伤、忧郁缠绵，似乎更加贴近我认知中的人生在世的本真状态。

在爱尔兰风笛营造的诗意时空中，会更深切、更清晰地感悟柴可夫斯基的那句经典描述："音乐是上天给人类最伟大的礼物，只有音乐能够说明安静和静穆。"

— 2 —

喜欢那个胖胖的爱尔兰女笛手乔妮·梅登（Joanie Madden），

就像喜欢深情绵邈又激情洋溢的女歌手韩红。乔妮·梅登的专辑 *A Whistle on the Wind* 中最令我倾心的又是那首如诗如画、如怨如慕的《归去》(*The Immigront*)。

拉开序曲，在清澈又哀婉的笛音里，有温婉的倾诉响起。《归去》所呈现的，像是在无边无际的草原，又像是人迹罕至的原始森林，又像是无人涉足的幽静山谷。四下里是泥土的芬芳，空中是微风的低语。太阳透过树冠树叶筛下的斑驳光影，静静掠过树梢草丛，滑落在遍地的落叶上。

依稀可见，晨光照耀里，几缕阳光正轻移越过树梢、草尖、藤条。晶莹的露珠闪烁着，清澈纯净如孩童的眼睛。

爱尔兰风笛在荡开一个个明媚之后，有明丽又伤感的画眉在鸣叫，有钢琴、木吉他、竖琴声等，单个儿或三三两两地出入着，如划动两桨穿越在水面荷花丛的小船，令人向往和感动。

悄然中，有寒塘雁迹，让人空灵清虚；有激愤遐思，荡人清气远出；更有鸿雁高翔，促人性灵发露。兴象风神中，似乎回绝了世尘的繁杂和凝滞。

凝视静想，会在古代以庄禅哲学为理论基础的性灵说和禅境说里，找到与《归去》微缝隙连接一般的契合——在凝神寂照中澄怀忘虑，在泊然无染中超旷空灵，最终抵达羚羊挂角，无迹可寻。

然而，在此之外它似乎又不仅仅是清虚隐遁的，更兼有空灵动荡又深沉幽渺的因子。那因子一点点在生根发芽，一点点变得郁郁葱葱。宁静的穿透里，烛照的光与影和谐中，分明又有对人生和世界的一往情深。它时时地在超出现实，又时时地诗意返回现实；执意地要脱出人生，又诗意地返回人生——

风沙漫漫的红尘岁月中，当沿着若有若无的记忆之河，回望那曾经的纯真、曾经的相遇、曾经的风华时，渐渐远去的乡音乡愁中，一颗颗落寞的心随着风笛的流转和超逸，在风中执意地飘荡着，寻找最终的归向之所。

一个声音总是若隐若现、若断若续地响起：归去，归去……

— 3 —

阿·西蒙斯说："音乐有血一样的炽热，有无以言表的激情。我们聚坐在一起，领悟自己的心声。"

在这深秋的客居北国之夜，煮一壶普洱，放一曲《归去》，沉浸一个晚上，让无名的忧伤静静流淌，在清空与冥想的世界中让自己更行更远。

然后，轻轻回身，缓缓迎接第二天升起的太阳。

即使
在　茫茫
人海　中

43

2016 年 3 月 29 日
拍摄于小区

人的命运、皈依和去向，带有不可抗拒的天命色彩。

音乐、绘画、诗歌、小说等，各自以自己的方式，在死亡、爱情、宁静等有限经验中传达自由、灵魂、神性等无限超验性。

张国荣的《取暖》一直深得我心。每次听它，都能感受到那份沉重悒郁和柔情四溢，那份深情与伤怀，以及直抵心底的悱恻缠绻。

德国哲学家谢林说，灵魂总是在痛苦中表现爱，如此爱才会"从外在生命或幸福的废墟之上升起，显现为神奇的灵光"。

而造就经典文学与艺术作品的根本，不是作品自身，而是隐藏在作品背后的创作者的感觉、热忱和冲动，是作者灵魂的闪光。

成功的歌手不也如此？因为每一首歌都是带上旋律的诗歌，只有歌手用源自生命深处的感觉、热忱和冲动去歌唱时，才会动人心扉、触人灵魂，一如张国荣在《取暖》中穿透人生的温柔和荒凉。

总是想，他的自杀，其实是在结束一个人的荒凉。听他的《霸王别姬》，就知道他对艺术执着痴迷的同时，内心有多抑郁、孤独、沧桑。

人间世，越是纯粹，越是脆弱。

我们常常言爱，但爱在何处？

爱，总在对他人的怀想与思念中，就像我们回溯陶渊明、李白、苏东坡，思念双亲、幼子和爱人。在回忆、思念、追怀和倾诉中，爱才得以承载。

爱更在我们确立一个爱的人的时候，在确立我们将会以怎样的方式、怎样的坚定不移义无反顾地爱一个人的时候，在和一个人携手相拥共度寒冬乃至走到生命尽头的路途上，我们爱的能力才得以实现，就像《取暖》倾诉的那样——

寒夜的脚步是两个人
一路被紧紧地追赶
而你的眼神依然天真
这是我深藏许久的疑问
往天涯的路程两个人
不停地坠落无底深渊
握紧的双手还冷不冷
直到世界尽头只剩我们
你不要隐藏孤单的心
尽管世界比我们想象中残忍
我不会遮盖寂寞的眼
只因为想看看你的天真
我们拥抱着就能取暖
我们依偎着就能生存
即使在冰天雪地的人间遗失身份
我们拥抱着就能取暖
我们依偎着就能生存
即使在茫茫人海中
就要沉沦

这样的取暖，任性和无奈得叫人心酸。任性，是因为深爱，是因为深深互爱；无奈，是因为世界比想象中残忍，是因为冰天雪地的人间。

— 3 —

比喻是一种奇妙的东西。

这首歌吟唱的是在冰天雪地中两个人拥抱着取暖，但又绝不只是温度上的取暖。更是在艰难困苦中两个人的与子同袍、相互扶持、生死相依、患难与共，是两个灵魂的同行与结盟。

魏晋玄学、陆学、佛教禅宗，都在某种程度上提倡超语言的表述，诸如玄学的言不尽意、得鱼忘筌，禅宗的机锋，等等，实际上都是在尝试以打破日常语言的方式去把握语言无法传达的东西。

《取暖》何尝不是如此。施勒格尔说："所有的美就是比喻。最高的东西人们是无法说出来的，只有比喻地说。"

正是取暖的比喻，才使得此歌显示出不受惯常语言习惯左右，而达于超迈洒脱、不滞于俗、遗世独立、卓尔不群的境界。这与我们每个人骨子里潜藏的在困境与压力中不甘、不屈的精神超迈、傲然惯常、血性抗争有内在的一致性。

陶渊明《闲情赋》有云："悲晨曦之易夕，感人生之长勤；同一尽于百年，何欢寡而愁殷。"时光易逝，代代更迭，因百年瞬间而引起的哀情似乎因了爱的存在而淡化了许多，甚至可以让人慨然赴死、了无遗憾。

"人生如同谱写乐章。人在美感的引导下，把偶然的事件变成一个主题，然后记录在生命的乐章中。犹如作曲家谱写奏鸣曲的主旋律，人生的主题也在反复出现、重演、修正、延伸。"米兰·昆德拉在《不能承受的生命之轻》中如是说。

也许，在冰天雪地里拥抱着取暖这样的相依相爱，亲人之间、朋友之间、爱人之间的相依相爱，既是人在美感的引导下记录在每个人生命乐章的一个爱的瞬间，也是反复出现、重演、修正、延伸的一个主题，隐在衣食住行世俗层面的背后，一直在暗流涌动地奏响着。

正因如此，我们才能够在漫漫长旅中一起领受同样的悲苦，携手越过顽强的大地，如春草更枯更生一般向前绵延着。

乘　　客

44

2016 年 3 月 29 日
拍摄于小区

中秋假日，是放下一切工作事务的无所事事。温情满满地吃吃喝喝，和家人亲人在一起，品一蔬一菜，瓜果桃李，尽享小桥流水人家。

深夜，调暗灯光，拉开客厅落地玻璃窗帘，让月光透过薄薄纱幔一任照进来。

顿时，满厅的月华，如水的清辉，皆已弥漫秋的薄凉。望窗外远远近近的人家灯火，正渐渐熄灭，遁入似有若无的缥缈夜。窗下蟋蟀的欢唱，在周遭的寂静里如古代竹林的短歌微吟。自己长久奔波旅程的疲惫，也似乎一一沉入外面的荒烟蔓草里去了。微风过处，但见树影摇曳，凌霄花藤蔓蜿蜒依偎在窗棂上，别有一番情致，仿佛从遥远古代就一直在的那份期盼和守望。

光脚丫，着短衫，坐在一尘不染的地板上，一遍遍听王菲的《乘客》。

人食五谷杂粮，难免会在烟熏火燎中面目黧黑。况人生本来就如负重远行，常步履沉重，更兼时而有风刀霜剑严相逼，走着走着，不知不觉就鬓已星星也，坠入杂尘挣脱不出来。所以对那些能够时不时冒几缕仙气的人，偶露几分仙风道骨的人，就怀有了一份激赏和凝视。

人本懦弱，因此仰慕那一个个富有抗争精神、不屈于世俗个性的人。而那些傲岸不羁的灵魂，带上落拓不羁的内敛，或带上内敛的落拓不羁之灵魂，都会让我着迷，甚至无关男女，也无关风月。

也坚信，人类所有的文学和艺术，各个层面的，都是欠缺感、痛苦感的产物，是追求升华、追求超越的系列表现。

　　王菲的歌声之美，在于她那带着一丝沙哑的缥缈与穿透，更在于她那份仙气酿造的性感。女性，个性，诗性，超性。

　　《乘客》是她众多翻唱歌曲之一。翻唱的妙处就是能够让一个特立独行的人立即在芸芸众生的歌唱中浮出水面，像浮雕一般特立而起。

　　这首《乘客》翻唱自瑞典 Sophine Zelmani 之 *Sing and Dance* 专辑中的 *Going Home*，却比原创更有意蕴。

　　在快步舞一般恰如其分的贝斯中，点缀上乡野之风一般的萨克斯，以及偶尔出现的长笛，是她缥缈得来自天外般的歌吟：

高架桥过去了　　路口还有好多个

这旅途不曲折　　一转眼就到了

坐你开的车　　听你听的歌　　我们好快乐

第一盏路灯开了　　你在想什么

歌声好快乐　　那歌手结婚了

坐你开的车　　听你听的歌　　我不是不快乐

白云苍白色　　蓝天灰蓝色　　我家快到了

我是这部车　　第一个乘客　　我不是不快乐

天空血红色　　星星灰银色

你的爱人呢

Yes I'm going home

I must hurry home

Where your life goes on

So I'm going home

Going home alone

And your life goes on

倾听着，静静倾听着。

仿佛是暮色时分，车行在烟雾弥漫的公路上。

搭车的女子，有几分漫不经心，因为她的家快到了。驾车的男人，默然少语，但寂静的只是人。有暗流涌动，在心。

已经陷入不能自拔的深爱，他。

也许知，也许不知，她。

在他，她之于他，有那么多的难以置信。

她可以一语说中他的心事，连同他不说的，她也能懂。

像一盏灯，她似乎已经在了他所有的时空，点亮了他的心之夜空。

从她的笑，他已感知她多需要他的护佑。甚至，她的命中就该有他。

她就是他众里寻觅千百度的那片明沙，那湾碧水。他可以确认，她就是那可以一起沉默、相守一生都不会厌倦的人，也是那会在灾难来临时扶他助他的人，是永远不会弃他而去的人。

但是，她的家就要到了。

她像是没心没肺，又像是遮蔽自我地问他："我家快到了，你的爱人呢？"

这歌，也许还蕴含着更多的东西。

生活中，生命中，永远有太多挡不住的留不住和不舍，比如飞去的时间，比如失之交臂的种种风景，比如流向终点的生命。

那些擦肩而过的惆怅，那些挽不住的忧伤，那种永不稳定的归属。

况且烂漫的绽放过后，无一例外浸透的是苍凉。尽管情感的伤口可以在时间中慢慢愈合，但是一旦触碰到还是会带来彻骨的疼痛。

汉杂曲歌辞《悲歌》："悲歌可以当泣，远望可以当归。"

这样沁凉萧瑟的音乐和歌唱，之所以如此让人难以自拔，是一种可以疗治我们伤痛的悲吗？

"鸡声茅店月，人迹板桥霜。槲叶落山路，枳花照驿墙。"

白云苍白色，蓝天灰蓝色，天空血红色，星星灰银色——尽管人生世事难料，难料世事，谁也不知道明天会怎样，永离此世的伏笔就在前方什么地方，但是今晚能够如此在王菲《乘客》的女性、个性、诗性、超性的旋律中，赤足走在自己乡村已经结霜的路上，足矣。

深夜———里，
听
《张三———的歌》

45

2016 年 3 月 29 日
拍摄于小区

夜深了，忙完公事的此时轻松着，一遍遍听齐秦《张三的歌》，一点一点放松自己。四周的光线慢慢暗下来，一切都仿佛变得寂静无声。而我，淹没在寂静当中——

我要带你到处去飞翔
走遍世界各地去观赏
没有烦恼没有那悲伤
自由自在身心多开朗
忘掉痛苦忘掉那地方
我们一起启程去流浪
虽然没有华厦美衣裳
但是心里充满着希望
我们要飞到那遥远地方　看一看
这世界并非那么凄凉
我们要飞到那遥远地方　望一望
这世界还是一片的光亮
忘掉痛苦忘掉那地方
我们一起启程去流浪
虽然没有华厦美衣裳
但是心里充满着希望
我们要飞到那遥远地方　看一看
这世界并非那么凄凉
我们要飞到那遥远地方　望一望

这世界还是一片的光亮

我们要飞到那遥远地方　看一看

这世界并非那么凄凉

我们要飞到那遥远地方　望一望

这世界还是一片的光亮

齐秦的声线美得几乎令人窒息。

其音高之跌宕，上有六龙回日之高飙，下有冲波逆折之回川。其情怀之悲壮，一如悲鸟号古木，雄飞雌从绕林间，也一如夜深不能寐，起坐弹鸣琴。其旋律之流转，有山水相绕之悱恻缠绵，也有夜行孤山之百步九折。

那种只有深情拥抱生命者才会有的敏锐、善感、执着、倔强、纯善、痴情、孤独、迷茫，皆涂满了唯美的色晕。而每一个青春元素，都镌刻在了他至纯至性的歌声里。

动了情后的野性狼，会温婉得要人命；一如婉约惯了的女人，奔放起来会夺人魂。

张三，是你，是他，也是我，是千万个在尘世中平凡又不屈的你我。

— 2 —

灵魂，只要带上一份落拓不羁的内敛，或者带上一份内敛的落拓不羁，都会迷死人。甚至无关男女，也无关风月。

于荒漠中寻找甘泉，必将是漫漫长路远。在每一个梦断寒夜长，坐待清霜晓的日子里，都必须有足够的坚韧，在无涯的凄风里穿越寂寥的旷野。

咬紧牙关与狼共舞，行走在必将遭遇的那些月黑风高夜，只为那传说中的乐土与彼岸。

孤独的旅程，未知的驿站，只为心中的那份翘首以盼。那人，那地方，那深爱。众里寻伊千百度，一路凄风，也一路星雨。

和夕阳、衰草、落叶、枯树、断壁、残垣、孤雁、荒野、风烛、雪天相逢，也和朝霞、春雨、夏花、青藤、高山、长河、雏燕、小桥、流水、人家相遇。于是，就有了一腔在至爱怀抱中泰然迎接死亡的安顿和温润。

《青梅煮酒论英雄》有片段云——操曰："夫英雄者，胸怀大志，腹有良谋，有包藏宇宙之机，吞吐天地之志者也。"玄德曰："谁能当之？"操以手指玄德，后自指曰："今天下英雄，惟使君与操耳！"

俱往矣，冷兵器时代的英雄。在今天，人人皆有成为英雄的可能。

— 3 —

《张三的歌》连同齐秦的老三篇（《狼》《外面的世界》《大约在冬季》），映照了一颗男人的沧桑心，更言说了一种历经磨难永不言弃的生存态度。这，使得齐秦成为我心中包藏宇宙之机、吞吐天地之志的歌者英雄。

它让我明白，在一个满怀生命激情、深爱这个世界的心灵里，对于大美而沉重的尘世，尽管被痛苦噬咬过的深刻告诉我来一次多么不易，但是诗意的气质还是要告诉我有多该来！

所以，如果有来生，我还是要做人，还是要在茫茫人海中找到你，和你一起启程去流浪。

如果
有　　一天
迷失　　风中

46

2016 年 1 月 23 日
拍摄于马来西亚兰卡威

此刻，正是忙完一天工作后的渐行渐深之夜。

晚饭后散步归来，洗了澡后就一直在温暖的台灯下读木心。不闻窗外车马声，只有木心的一片片心香在。

音乐在轻轻播放，都是数年积累起来的最爱。

当那首陈升的《风筝》响起时，我停了下来。

记得第一次听它，一打开来立即被陈升那饱含深情的絮语般的吟唱吸引住了：

因为我知道你是个容易担心的小孩子

所以我将线交你手中

却也不敢飞得太远

不管我随着风飞翔到云间

我希望你能看得见

就算我偶尔会贪玩迷了路

也知道你在等着我

我是一个贪玩又自由的风筝

每天都会让你担忧

如果有一天迷失风中

要如何回到你身边

因为我知道你是个容易担心的小孩子

所以我会在乌云来时轻轻滑落在你怀中

贪玩又自由的风筝

每天都游戏在天空

如果有一天扯断了线

你是否会来寻找我

如果有一天迷失风中

带我回到你的怀中

因为我知道你是个容易担心的小孩子

所以我在飞翔的时候

却也不敢飞得太远

从那之后，常常循环播放着听。

渐渐明白，那是一种倾诉，也是一种诉求："我是一只风筝，而风筝线在你手中。我已经把那根线交给了你。从此之后，我不会太让你为我担忧，无论何时我都不会飞得太远，风雨来袭的日子，我更会迅速回到你身边。"

— 2 —

时光如流，一晃多年过去了。这么多年来，这首歌一直在我的世界里，不离不弃。远远的，却又是近近的；淡淡的，却又是深深的；默然的，却又是高歌的。一直在一起。它让我知道有些生命中的偶然，必将成为生命中的必然。而成为生命中偶然的那些必然，也注定会与生命相始终。

这首《风筝》，一直在。

信
一样的
雪花白

47

2011 年 8 月 2 日
拍摄于新疆

夜深了，刚刚完成一篇论文还呆坐在电脑前，一片疲惫也一片空白。

茫然中，打开了桌面上的《乡愁四韵》。戴上耳麦，把声音调成立体声连带循环播放的模式。在缓慢凝重的吉他声中，罗大佑那沉郁忧伤的歌声清晰响起：

给我一瓢长江水啊长江水
那酒一样的长江水
那醉酒的滋味
是乡愁的滋味
给我一瓢长江水啊长江水
给我一掌海棠红啊海棠红
那血一样的海棠红
那沸血的烧痛
是乡愁的烧痛
给我一掌海棠红啊海棠红
给我一片雪花白啊雪花白
那信一样的雪花白
那家信的等待
是乡愁的等待
给我一片雪花白啊雪花白
给我一朵腊梅香啊腊梅香
那母亲一样的腊梅香

那母亲的芬芳

是乡土的芬芳

给我一朵腊梅香啊腊梅香

音乐和歌声很快织成了一张无形的大网，渐渐把我和外面的世界隔离起来，缠绵地包裹着人的身心。一种说不清是孤独还是伤怀的东西，化作海水一般的柔波浸润着我，由远而近，渐近渐深。

眼前飘然浮现出故乡野地里长辈们那长满青草的坟头。最北面的那一个葬着我那从未谋过面的祖父。看着他的儿孙们劳碌在东南西北，他还有那爽朗的笑声么？

最南面的那个，埋着我那轻声细语、少言沉默的母亲。在那个世界里，不知道她和长辈们相处得怎么样？日子过得好不好？

又仿佛看到了喜欢坐在门口看人来人往的年迈的奶奶。在这夜深人静的时刻，她被窝里的热水袋还热不热？身上的被子够轻够暖么？睡在奶奶隔壁房间里时刻看守着奶奶的父亲冷不冷？临睡前照常吃了降压药了么？

总在为生活辛勤不息的弟弟妹妹此时都休息了吧？他们还在为孩子的读书学习焦虑么？夫妻之间的小争小吵也少了吧？是不是常常一起带着孩子回家看看呢？

从小学到高中到大学，许多同窗也一一涌现在面前。黧黑的、苍白的、散着红光的不同面容显现着他们各自不同的生活。

鬓角星星、体态渐衰的他们，是不是此时都已经抛却白天的烦恼和困扰，进入梦乡了？是不是都比以前活得好些了？

也看到了多年来忙忙碌碌、奔波不止的自己。

在这个高楼林立、繁华处处迷人眼的异乡都市里，是在茫然地行走，还是在寻找着什么？在疲倦的路途中，这里是最后的归宿么？内心还珍藏着那珍藏已久的，那开在故乡的栀子花么？……

不知什么时候，外面已经下起了雨，沥沥淅淅，在风中敲打着落地窗的玻璃，像是在应和着一个游子的深情絮语：

"给我一片雪花白啊雪花白，给我一朵腊梅香啊腊梅香……"

昔　我
往　　矣

48

2011 年 8 月 2 日
拍摄于新疆

— 1 —

深夜，以单曲循环方式静静听着《杨柳》，不觉浸染其中而思绪飞扬。

曲子由钢琴和大提琴合奏而成，钢琴的悠扬和大提琴的深邃形成了鲜明的对比，也构成深情的呼应。

前一部分先由钢琴领起，舒缓、柔软、跳跃，仿佛沿着山间沟壑奔腾而下的浅浅小溪。很快，大提琴那深沉的低音响起，深挚、沉着、痴迷，仿佛洞察世事忧患而又深爱人生的男人。这让人想起匈牙利诗人裴多菲的爱情名作《我愿意是激流》中的意象——充满爱的奉献精神的"我"和"浪花中的小鱼"。一种充满深情和淡淡伤感与哀愁的基调也由此奠定下来。

乐曲转入中、后段，大提琴那执着而深沉的旋律诠释着深爱的主题内涵：爱是利他，爱是伤感，爱是正大无私的奉献。人生如此激扬，爱情如此美好。可是，人生是短暂的，爱情是伤痛的，所有的一切都将随着我们生命的逝去而去……

曲子取名"杨柳"而不是其他，我想一定有着独特的意韵。

所有艺术家的创作，都带有人类的、民族的集体无意识。

— 2 —

杨柳，作为自然的物象，很早就进入了文学艺术家的视野。最早的要数《诗经》中的"昔我往矣，杨柳依依；今我来思，雨雪霏霏"。其后，是人们常常以"杨柳"表达惜别之情。大概是因为杨柳柔软曼妙、随风依依拂动的样子犹如人的惜别之情吧。

但同时杨柳的另一个含蕴与丧事有关。远古时代人们丧葬习俗中有用柳制丧车车篷来"障蔽"棺柩的习俗，也用柳棍作为哀棍向人行哀礼。杨柳于是在送葬仪式中担当着护卫死者、送行死者的意韵，以此寄托期望死者能够魂灵远行并迅速再生的深情厚谊。因为在人们的感知中，杨柳的生命力异常强盛，所谓"夫木槿杨柳，断植之更生，倒之亦生，横之亦生"是也。

于是，杨柳的意象交织着依依离别深情、祈求平安之情、追思逝者怀念之情、感伤生命消逝之情等诸多方面。我想，这也是这支《杨柳》之所以打动听众，"于我心有戚戚焉"——让人既感觉像丝绸一样温暖又止不住流泪的根本原因所在吧。

在　怀旧中
寻　　找
失落的　永恒

49

2011 年 8 月 6 日
拍摄于新疆

在大量的怀旧歌曲中，凯伦·卡彭特的《昨日重现》（*Yesterday Once More*）从它诞生之日起，就一直在全世界备受欢迎，网上的收听量与下载量，在很长一段时间内位列前茅。

歌曲一响起，凯伦·卡彭特那温婉、空灵又略带忧郁的嗓音立刻就在我们的耳畔响起：

When I was young

I'd listen to the radio

Waiting for my favorite songs

When they played I'd sing along

It made me smile.

Those were such happy times

And not so long ago

How I wondered where they'd gone

But they're back again

Just like a long lost friend

All the songs I loved so well.

Every Sha-la-la-la

Every Wo-o-wo-o

Still shines

Every shing-a-ling-a-ling

That they're starting to sing

So fine

……

像所有经典的艺术作品一样，*Yesterday Once More* 之所以备受欢迎，有着极其深远的文化因素。

— 2 —

怀旧：人类群体之本性。

自从世界由混沌进入清明以来，可谓天地悠悠，岁月绵长。伴随着悠悠岁月，人类始终对生命存在终极价值在苦苦追问着。当人类开始对生命问题展开思考时，作为一种内在需求，终极关怀就指向了人生存的一系列基本问题：我是谁？我从何处来，我又往何处去？我赖以生存的世界又往何处去？

与之俱来的是一系列认识问题：人与人、人与自然、人与社会的关系如何？人生价值何在？人生意义为何？人的根本困境是什么？

怀旧乃是在人类的这些终极追问之下产生的一种本能。一位英国心理学家说过："怀旧是人的本性，向往则是人的本能。"如果说向往是人的思慕、理想和追求的话，那么怀旧就是对往事和故人的怀念与追想。怀旧的本质就是站在今天的背景下回溯往日的人和事，通过那样一种特殊的辨识过程，以确立自己的"身份"，找到自己的"归属"，从而达到对"我是谁"的确认。

割裂：人类个体之痛苦。

人类社会发展的一个重要特点就是越来越技术化、世俗化和瞬息万变。因此，每一个时代相对以前的时代来说，都发生了天翻地覆的变化。然而，生活在这个时代的人所承载的人类群体文化信念，却具有传统性和延迟性，不那么容易随着时间发生剧烈的变化。于是，面对着日新月异的时代和社会，个体的人的传统信念和理念，就会经常受到质疑。和以前的时代相比，人们会不同程度地体会到本真性被消解，理想、信念在日常生存中被割裂、被碎片化。这种深层割裂给个体带来了普遍的内心矛盾和痛苦。很多情况下，人们开始怀疑自己的生活价值，逐渐失去了自己的方向感，对很多事情感到无所适从。瞬时性、无序性、流动性，成了很多人内心对社会的感受。

因此，各时代发自于人心灵深处的、那种对稳定对熟悉的价值的追寻，就化作种种有关人生飘忽感的凄绝呼喊出来。从古希腊抒情诗人品达的"阴影中的梦境"，到西班牙作家卡尔德隆的"生命如梦幻"，到莎士比亚的"我们是由梦幻织成的物品"，无不富于生命的悲剧性。而庄子的人生如"白驹过隙，忽然而已"与苏轼的"人生如梦"，则代表了中国古代文学家同样的悲吟。

寻求认同：认同与认同危机。

传统的文化信念、理念与不断变迁的现实迷茫之间造成的割裂，在给人们带来痛苦时，就出现了认同危机。这里的认同是自我认同，是人们一种自然增长的信心，表现出来就是能够清晰把握自我意识、自我身份和自我发展方向，相信自己具有保持内在一致性和联系性的能力。认同危机就是这种认同感的动摇与失落。在给人带来痛苦的同时，认同危机也让人产生了弥合的强烈愿望。怀旧，就是这种强烈愿望下诞生的情绪之一。

人类对认同的追求有两个主要路径：一是个体在辨识过程中，通过与他者（Others）的比较，力图寻找自己与他人的共同点，与他者的不同点，从而达到对"我是谁"——即自己身份的一种确认。一是个体在辨识过程中，通过与自身的比较，发现从过去到今日自己的发展与变化，从另一个层面达到对"我是谁"的确认。就在这两种持续不断追问的过程中，人自我确认自己的特色，确定自己所属的类别，并由此找到自己的所在感（A Sense of Personal Location），给自己的个体性以稳固的核心。

— 5 —

Yesterday Once More：在怀旧中寻找失落的永恒。

艺术作品的终极效果就在于揭示人的生存状态和生命精神，表现对人的心理、人的精神、人的价值、人生意义的关注。从诞生的那天起，艺术作品就担当起了对这些问题的表达和展示的功能。而怀旧，就是缅怀过去，旧物、故人、故乡以及逝去的岁月，都是怀旧的频繁表达内容。

Yesterday Once More 一开始就以一句"When I was young"拉开了怀旧的时间序幕，收听收音机里旧情歌的片段回忆把我们带回到了遥远而美好的过去——对爱情充满向往的青春时代，对情歌钟爱

的一个个痴迷等待的场景，和着音乐歌唱的一个个泪流满面的瞬间，甚至每一个 Sha-la-la-la、每一个 Wo-o-wo-o 曲中和声，都是那么青春灿烂。这些似乎共同构筑了一个温馨、纯净、本真的过去，从而和人们当下的生存状况形成了鲜明的对比。

只要仔细审视当下的生存境遇，就会感到我们实际上处在一种碎片化的生存状态之中。我们必须在不同的环境下遵循不同的逻辑：在职场要听领导的，不管他说得对不对，一律要说"是"；在孩子家长会上要听老师的，不管他教训得是否有道理；在家里要听太太的，不管她讲理不讲理……我们的生活已经失去了整体性，断裂，琐屑，碎片化，找不到生活的核心基础，常常不知道个体生活的意义是什么，仿佛传统的生命根基已经被动摇。*Yesterday Once More* 则让人在一片对温馨、纯净、本真的怀旧中找到了久已失落的永恒——那青春的岁月，那纯真的爱情，那火热的激情，那飞扬的时光。正是这些人性中永恒的美好支撑很多人走过了人生的一个个艰难险阻，让人义无反顾地走到今天，走向未来。

因此，在怀旧中寻找失落的永恒，不仅是 *Yesterday Once More* 的最大魅力，也是所有怀旧作品的最大魅力。

我
最＿＿中意的
雪＿＿天

50

2015 年 2 月 4 日
拍摄于瑞士铁力士雪山下

　　大约是八年前的 10 月，也是这样的深秋，也是这样一个周末，第一次听到窦唯《我最中意的雪天》。

　　那段时间正重读《金瓶梅》。夜阑人静的彼时，因为着迷它写雪天的几段文字，一时兴起，上网查找"雪天"主题的音乐，一下子发现了窦唯的组曲《我最中意的雪天》，这个为 2001 年上映的同名剧情电影所作的组曲。

　　当即按图索骥，看了电影《我最中意的雪天》。故事讲的是一个叫王君生的知青，从返城工作到娶妻生子，一路沟沟坎坎奔到中年，混成小酱油厂副厂长的人生。

　　影片主人公王君生，由于是副厂长，只得由他来做让人家下岗的工作；为打击假冒他们厂牌子生产的地下酱油厂，也只得是他戴着红袖标，与工商局的同志们一起走在最前头……某天挨闷棍，原以为是因为得罪了假冒者，后来才知道是自己厂里下岗职工找人把他打成重伤。"因工负伤"嘉奖、奖金全部泡汤，他知道后只是说了句"算了"。

　　小区住宅楼的阳光被一所高高的新大楼遮挡，并不善言辞的他硬是被邻里推选为代表和房地产开发商谈判，谈判无果被撵出来后他向法院递了起诉状，而此时邻里却已悄悄地和房地产公司达成赔偿协议，最后就他一家没有得到赔偿金。妻子让他去要赔款，拉不下脸面的他东挪西凑借来了三千块钱算作"赔偿金"给了妻子。

　　儿子做了三年的三好学生，本该保送上重点高中却没有被保送，反而因半分之差落榜。心有不甘的他一个一个地找人去论理，最后忍不住在校长面前放声痛哭……

　　五楼的姚处长贪污事发，他仅仅因为送过一条烟、两瓶酒，而到检察院坦白交代。副厂长的职务被撤，回家后他用"仍然保留副科待遇"来安慰妻子。

某天，他莫名其妙地被诊断为患上癌症。然后又莫名其妙地被告知是误诊。

妻子下岗，儿子高考，怯懦和闪失使他的小小仕途风雨飘摇；邻居间，善良和虚荣使他卷入一场官司战，初衷和结果的悖谬，令人啼笑皆非。

可是，偶然一天，他翻看儿时的照片想起童年，不经意读到儿子的日记，和妻子深夜畅谈，身心疲惫的他发现"幸福"其实未曾远离。

他带着全家去雪地玩，在大雪覆盖的天空下对儿子说：

"好多人的父母都下岗了，而你只有母亲一个人下岗；好多人的家长都是工人，而你的爸爸是厂办主任；好多人只有一间房，而我们有两间。好多人家里都有不幸，而我们家一直很太平……所以，你应该感到幸福。"

— 2 —

平庸和无处不在的压抑，很多时候会将人的心灵烘干到几乎没有水分，完全不知还有什么光亮让人看到希望和未来，就那么沉沉地重压着。

可是，也许是突然而至的一个雪天，就能让我们冷静下来，让飘舞的雪花拨动我们心灵最深处的弦。

从那之后，常常在深夜听《我最中意的雪天》，循环模式。

听窦唯，更多的时候是听内心世界，窦唯的，自己的。除了工作和生活，一直喜欢去外面走走，他乡，他国，寻找寂静的荒野，虚空的山间，空白的古老小镇。更喜欢茫茫的大雪世界，慢慢覆盖一切的飞舞的雪花，以及杳无人迹的雪地，都有无可名状的安静和留白。在其中，和树木一样站在雪中静听天地的静谧与耳语。看枯枝的线条，走过的车痕，留下的脚印，风吹起的烟霭和苍茫。

这世间有一种灵性者，具有看穿世情、穿透黑暗的力量，能够抵达一般人所不能抵达的高度、深度、广度。他们很容易就能看穿人性的卑劣，了解世间的丑陋；也能敏锐觉察人的柔善，人的灵气。

因此他们常常对任何一切都抱怀疑的态度，都质疑。质疑爱情的有无，质疑守信的长久，质疑人的善意，甚至质疑宗教的意义。他们会在瞬间明了人言辞后的真实意图，感应到语气后的好恶，甚至笑容之下的谋划和恶毒。

同时他们天生具有一种核能量，在死亡之前，从不会停下脚步，他们在一生中不停地自我超越，不断地再生，一次次凤凰涅槃。

这一切，让他们高高山顶立俯瞰人间，也让他们深深海底行独自痛苦。

— 3 —

他们的心灵是黑色金属般的，虽然时常有一缕缕明霞在黑暗中掠过。他们孤寂地在最热闹的街市上流浪，满心不屑，满目荒痍，像一座孤峰，拒人于千里之外。

但实际上他们比谁都渴望温柔，渴望安定。只因为他们内心充满孤独者的恐惧，漂流者的安全感缺失。在他们反叛抗争的背后，是一颗易碎的心，是一颗因为善感易碎而破碎了许多次的心。

世俗语境下的光环、荣耀，都不能真正弥补他们内心的空空荡荡，只因为他们明了这世间最重要的是情，是义，是灵魂的相依。唯有此，才是他们要寻找的最后港湾。

可是这样的港湾本来就是人间的稀缺，到哪里去找？"天长地久，海枯石烂，至死不渝"原本就是理想国的事儿，人间哪里找得到？

他们在目标和理想上追求纯粹，百分之百，尽管他们自己也做不到纯粹，百分之百。他们会对哪怕是一点点的杂质，动摇，游移，心生冷寂，只是不说出来。

积淀久了，积累多了，总有一天他们会拂袖而去。所以你会看到表象的他们跟谁合作都不会长久，跟谁牵手都走不远。就算他们挥别的时候自己内心流着泪，滴着血，下着骤雨，挥别之后会放不下，时常回头，但离开的那一刻他们呈现的样子是之死靡它的决绝，壮士断腕的果断。

茕茕孑立之后，他们看上去孤独落寞，我行我素，独自仗剑行天涯，甚至是在一个千山鸟飞绝、万径人踪灭的地方，披蓑戴笠，独钓寒江雪。但实际上，他们从来不曾远离过，他们一直在深切关注着过去、当下、未来，关于人、生存、生命。他们心怀悲悯，比谁都更爱这个世界，更爱人间。他们试图尽一己之力给这个天地一点温馨，给人们心灵找到一个出口，一条绽放精神的道路。

— 4 —

《我最中意的雪天》就是窦唯呈给世人的这样一缕精魂吧。

柔美的曲调中暗流涌动，燃烧着扣人心弦的激情，以一种特殊的浪漫和伤感把听者深深淹没。

这个无雪的冬夜，沉浸在《我最中意的雪天》，像是听回忆，听儿时爸爸在门前铲雪，妈妈在窗前晾衣，奶奶在门前呼唤——"凌儿，回家吃饭"，听劲风吹过房檐，在转角处打着呼哨走远……

哪　　天
走失　　了
人　　海

51

2014 年 5 月 5 日
拍摄于美国尼亚加拉瀑布

两千多年前，柏拉图曾经讲过这样一个寓言：有一群人固定在洞穴里，终生不能行动或回头。一生中他们只能看到外部世界投影到洞壁上的影像，也就把看到的当成了所能看到的外部世界的真实。如果有人谈着话路过时，洞穴里的人就会以为声音正是从他们向前移动的阴影发出的。

包括电影、电视诸种大众文化在内的文学艺术，与柏拉图讲的这个"洞穴"寓言有惊人的相似之处——人常常由于置身的缘故而把幻象当成真实，把表象当成本真。

对于当下挣扎奔波在红尘的芸芸众生来说，电影、电视给人们提供了一扇窗户，让人看到这个纷繁世界，在平白如话、妇孺皆知的艺术中各自消遣、各自娱乐，暂时逃离呆板枯燥、重重压力，化解琐碎疲惫，滋润精神心灵。

也许所有的幻象、表象都是梦之一种吧。有谁的一生没有梦呢？谁的一生不是由梦牵着走的？

电视剧《何以笙箫默》表现的母题富于综合性：流浪，回归；爱情，等待；结仇，复仇；奋斗，成长；出生，死亡；罪恶，救赎；绝望，希望……

写什么，呈现什么，无可无不可。这些都不过是构成文学艺术内涵的外在框架结构罢了。文字，图像，音乐，画面，情节，都不过是枝叶藤蔓。在它们之下，是创作者精神深处的真、善、美。

"扁舟短棹归兰浦，萧萧竹径透青莎。"如果你只看到扁舟、短棹、兰浦、竹径、青莎，那就舍本求末了。

"一行白雁遥天暮，几点黄花满地秋。"如果你只看到白雁一行、暮色满天、几株菊花，那就太近视了。

有些真实，埋在土里；有些善良，长在心底；有些美丽，融在灵魂里；有些坚守，锁在骨髓里。

而每个人心里，都有别人不懂的远方。

而《何以笙箫默》所表现的这些意义，都浓缩在它的主题曲 *My Sunshine* 里了：

我们还没好好翻一翻那错过的几年

那些迷惘路口有你陪我流泪的夏天

阳光刺眼　有心跳的交响乐

想靠近一点　再看清一点　昨天

我们曾经尝试不顾一切肤浅的快乐

才会一不小心地让成长偷走了什么

时光　过客　还来不及去迎合

胸口的微热　总是恨不得把你守护着

You are my pretty sunshine

没你的世界好好坏坏　只是无味空白

答应我　哪天走失了人海

一定站在最显眼路牌

等着我　一定会来

You are the pretty sunshine of my life

等着我　不要再离开

怕是青春还没开始就已画上了句点
怕是我们还没熟络就已生疏的寒暄
往事浮现　没完的故事绵绵
时间还在变　我们还在变　但请你相信
You are my pretty sunshine
没你的世界好好坏坏　只是无味空白
答应我　哪天走失了人海
一定站在最显眼路牌
等着我　一定会来
……

这歌由段思思填词，谭旋谱曲，张杰演唱，收录在张杰2015年4月15日发行的专辑《拾》中。2016年4月3日，此歌获得第六届全球流行音乐金榜年度最佳电视剧主题曲。

张杰以温柔深情的声线，把何以琛对赵默笙的思念和深爱娓娓道来，歌词如告白一样，质朴深情，婉丽动人，让人有无法言喻的感动。

— 3 —

这是一个转身辈出，而坚守缺席的时代。

有铺天盖地的文字和图片，以劝归的口吻，以关爱的名义，叫人要及时转身，在亲情、爱情、友情及各种江湖中及时转身。在失意时，受伤时，等待不归时，秋风吹起时，雪花飘落时。

也有再三再四的叮嘱：要懂得爱自己，暖自己，自己抱着自己。

这个世上，最后可以依靠的，只有自己。我们要在这个薄凉的世界里深情地活着。

难道，在这个薄凉的世界里深情地活着，就该是这种深情吗？这就是人世间深情的最终意思吗？还是在薄凉的世界里越发薄凉了？

My Sunshine 亦真亦幻地告诉那些抱着自己肩膀、站在寒冬里不知向何处去的人：还有一个何以琛在，还有一个赵默笙在。

总有一个人，和你同一旋律，闻弦而知雅意。

有一个也是有啊！

一个也就够了。

— 4 —

初恋，都是用来回忆的。而他们却是用来温暖一生的，为了那份温暖，他整整等了她七年。在彼此没有任何音讯的情况下，就那么几近绝望地等着，守着。

向来缘浅，奈何情深。

谁都曾等待过。可有谁在不知道什么是尽头的时候，还在等？

就是有那么少得不能再少的几个人，坚信一人花开，就有一人等待；一人花落，就有一人相陪。这种等，这种陪，会痛得让人在一次次噩梦中醒来，沉沉坠入印满一个人笑颜的巨大黑洞。然后，这痛慢慢变成顽疾，深入骨髓，无药可医。

这份决意要一等下去的斩钉截铁，让那要等的人有一种平静，平静得如沧海月明，蓝田日暖。也同时，地老天荒，海枯石烂。

"如果世界上曾经有那个人出现过，其他人都会变成将就。而我不愿意将就。"

这句话，说的哪里只是爱情？

现实生活里，处处充溢着将就。

当他知道她曾在美国结过婚，痛苦万分之后，他依然选择和她继续走下去。一句"我不在乎"，要多少爱啊。

有些惊鸿的归处，只能向着每一寸虚空去问询。

深爱，无言。他们之间的对话，总是那么简短。而他对她，沉默多于言说，注视多于询问。

古代山水画里，那些为云、为水、为气而作的大片大片留白，都是情之所牵、情之所系的心灵天地。

静默，是挚爱的笙箫。在虚空以东静默，在虚空以西静默，在虚空以南静默，在虚空以北静默。

— 5 —

最爱 *My Sunshine* 中的那几句：

You are my pretty sunshine
答应我　哪天走失了人海
一定站在最显眼路牌
等着我　一定会来

夜阑之时

52

2015 年 2 月 4 日
拍摄于瑞士铁力士雪山下

林海的《初开》，是用一世等待一次花开，为自己。

初开，是风雪天独自在森林深处的小木屋读书写字，壁炉里烧着木柴，一桌一椅，一灯一壶，墙上的挂钟、画框，都差不多是祖父那个年龄了。

初开，是一年年底了，外面的游子说要回来，到家的日子就是今晚。

初开，是三间茅屋旁边有小溪，屋旁种着竹子和梅花。

初开，是月亮在潮水平后升起，雁群的鸣叫从云中传来。

初开，就是亿万年冰川的夏季初溶，滴答滴答，滴成小溪。

初开，就是早春二月，山涧底几块岩石夹缝里的那株兰，抽出了第一叶新绿。

初开，就是枯树枝丫上，那柔草织就的新巢里幼雏的第一声鸣叫，时断时续。

初开，就是一眼望不到边的沙漠尽头，有驼铃伴着驼峰，一点点、一点点清晰。

初开，就是熟练的调琴师，在眨眼之间，让钢琴跟上小提琴的音。

初开，就是老屋里梁上的燕子，第一次展翅飞出去，在呢喃中剪开柳枝和幂幂细雨。

初开，就是遥远的那个七月十六之夜，荡舟于赤壁之下的苏轼，看到月亮从东山上升起。

初开，就是三百多年前的某一天，牛顿坐在三一学院的苹果树下，四下里、四下里一片沉寂。

—— 4 ——

初开，就是我读着 1590 年莎士比亚蘸着鹅毛笔写下的那些十四行诗时，想起了几百年前的往昔。

初开，就是与那些人类思想的建构者在文字中相遇，看到每一个棱角分明的灵魂，会眼带笑意。

初开，就是在每一个烛光摇曳里，忽然间茅塞顿开，因欢悦而静默无语。

初开，就是夜阑人静的此时，忘记逐渐老去的容颜，跟随滴答跳跃的音符回到少年时。

孤　　独，
美丽　　如烟

2014 年 10 月 5 日
拍摄于上海鲁迅公园

— 1 —

在中国文化里，"孤独"一词蕴含着无限的张力。它是一种无依无靠、形单影只的状态，也是一种超越一般的境界。

孤独，本义是指幼而无父和老而无子的人，引申为孤立无援、孤单无助、只身独处、孤单寂寞。

孤独，是高高山顶上只有一棵树，大大水池里只有一条鱼，茫茫荒原上只有一个人；也是置身漫山树林你却感觉不到树，面对满池的鱼你却只看见一条鱼，走在人流如织的大街上你却觉得只有自己。

所以，孤独既是茕茕孑立、形影相吊、黯淡无光，也是桀骜不驯、独来独往、美丽如烟。

— 2 —

在艺术家的笔下，人类的情怀总是相通的。

马克·夏加尔的油彩画《孤独》以一种如烟如梦的荒诞，揭示了人类灵魂深处深远的孤独。灰暗色调中，身着白色披风、黑色衣衫的基督被描绘成一个孤独的牧羊人。依偎在他身边的是一只柔顺的白色羔羊，羔羊的身旁，是一把没有奏响的小提琴。

他坐在草地上，右手托腮，微微低着头，神色忧郁，好像陷入深不见底的沉思。他的身后，是黑魆魆的村庄，仿佛很远又仿佛很近；像是沉浸在浓浓的夜色中，又像是沉浸在无边的伤悲里。一块块蓝色的天幕上，有白色的天使在飞翔。

梦幻般的画面，凝聚了浓得化不开的孤独。是思乡，是怀人，是伤痛，是梦醒之后不知向何处去，是身陷大荒无人可助的苍凉和悲凄，是"万物归一、一归何处"的追问……

— 3 —

乔瓦尼的这首钢琴曲《孤独》，流淌出的则是孤独另一种如烟的美丽。

行云流水一般的钢琴在蓝天白云中划出了一道道优美的曲线，似乎是在伴随着山涧里的溪水跳跃流淌。

曲中之处，有略带忧伤的小提琴飘进来，使得整首乐曲在圆融淡远中交织着一缕抹不去的伤悲。

有风的柔美、荷的玉立、露珠的晶莹，有森林的幽深、高山的辽远、云烟的飘飞，在天人合一的圆融境界里，融汇成穿行在雨后林间路一般的优雅和不食人间烟火的飘逸。

真正的孤独，灵魂奏响的总是王者之音。此时此境，是精神的沉淀，是理性的回归，是灵魂的安放，是思想的掘进，是自己面对赤裸的自己，是和天地自然相合为一。

只有那些内心丰盈深厚的人，才会领略孤独的魅力。它深邃似海，又美丽如烟，一如演奏《孤独》的乔瓦尼。

长歌　　当哭，
远　　望
当　　　归

54

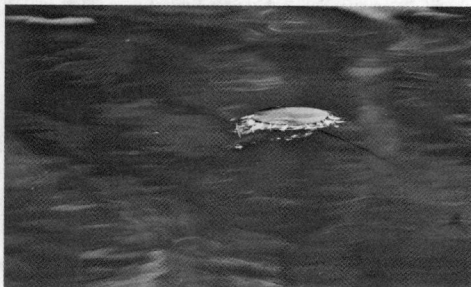

2016 年 4 月 9 日
拍摄于小区

贾鹏芳的《睡莲》是他的二胡曲专辑《Far away 遥》中的一支曲子。

二胡的独奏如泣如诉，在柔曼的钢琴烘托下营造了一个诗性的世界：像是失爱的悲情女子在旷野独自痛哭，哭生存的艰难，哭人生的孤寂，哭人生的短暂，哭挣扎的无奈，哭追寻的无着；又像是一滴思乡久不能归的游子清泪，欲坠未坠；或是一只离群的孤雁，盘旋在冬日的寒潭，不知向何处去；或是一个哲人，想到了天地悠悠与人生短暂的永恒差距，想到了人类无可归依的苍凉，想到了万物生命终有一死的绝望……

每个人的理智直观，必然浸透在感性个体的遭遇、命运和思慕之中。

怎样才能在有限人生的孤苦、忧虑甚至绝望中，自持温柔并赋志高云呢？怎样才能超越人生的苦痛归于旷达呢？浸染在悲凉而又曼妙的乐曲中，一遍遍追问。

想起了莫奈的油画《睡莲》系列。

当莫奈还是一个名不见经传的青年画家时，他有过很长一段漂泊在巴黎的生活。就像今天众多"北漂""海漂"的青年一样，当时的他生活窘迫，却对自己要成为一个伟大画家的理想矢志不移，在印象派的绘画之路上艰难行进。在孜孜以求多年之后，中年的莫奈名声渐起，生活境况也开始好转。因为一直酷爱睡莲，他投入一笔资金在巴黎郊外的吉维尼村建造了一个人工池塘，并引入清清河水形成一个水上花园。池塘里，植满了各色睡莲。在前后长达二十多年的时间里，他都在专注地画着睡莲，睡莲成了他一生创作的经典之作。

在他的笔下，池水呈现着淡蓝、深蓝和金色，睡莲则是淡若云烟或者浓艳灿烂，倒映在水中的，还有天光云影。光与影，水和花，传递着彼此交融的音乐和色彩，如诗歌一般和谐。

时至今日，莫奈的睡莲之作已经成了世界艺术的不朽，闪烁在印象派绘画的星空里。在吉维尼村莫奈的睡莲花园，法国政府特地建造了一座圆厅形博物馆，用以陈列莫奈的《睡莲》。

曾经无数次默想：从仰望星空到自身成为别人仰望星空的莫奈，一定也有过仰望星空时的惆怅和伤感，所以才有了他的睡莲之作中浓浓的孤寂和苍凉。因为，在每个人的人生路上，在每个人的跋涉途中，都会有宁静之下的天地之问和自我之思，都会有如同《问天》一样的追问，在低音中以别样的诗性奏响生命的乐章。

晚年的莫奈身体很差，行动不便，这对一个激荡着生命情怀的画家来说可想而知。画中的睡莲色彩虽然斑斓，但是流露的全是衰老破败之象，我想这也是他生命状态的写真吧。浓郁的凄怆、悲怀，还有不屈，洋溢在构图和色彩里。不由让我默然良久。

艺术永远是相通的，那就是表达人类的生存状态、生命诉求、精神追寻。二胡的《睡莲》，油画的《睡莲》，皆如此。

— 3 —

飘逸的钢琴和幽怨深邃的二胡相互映衬、相互依托的曲子《睡莲》，是晚春时节落红遍地，伤痛未归的游子；是冬日大雪飘飞满天遍野的时光里，一间小小的木屋孤立雪中，窗户上有红红的炉火在闪烁；或者深秋一望无际的原野，有歉收的农人在苦闷独行。

音乐是超语言的。

音乐本身就是一种语言，一种诗性的语言。诗性的语言才是人类的原初语言，就是爱的语言。人之所以为人，就是因为情感的核心和灵魂是爱。音乐用自己的语言表达爱，从而把人引进一种审美时空，超越纷繁的现实。

所以，伤痛时、孤独时、落寞时……音乐的抚慰作用会显得更突出。长歌当哭，远望当归，因为这些时候我们更需要爱。我想，这就是人们被《睡莲》感动的原因所在。

总　　有人
在我们的　　人生里　　55
非比　　寻常

2014 年 3 月 9 日
拍摄于小区

之所以对 Matthew Lien（马修·连恩）的这首《你对我非比寻常》（*Very Much to Me*）记忆深刻，是因为听到的那天，恰好正在京沪高铁上，背景音乐播放着的时候，正读着木心《文学回忆录》最后 1084 页处，陈丹青写的后记。听着歌，看着此处的文字，不觉泪目。

如诉如吟的曲调，舒缓柔曼的旋律，深沉伤怀的韵致，让我一下子就注意到了它的歌词：

You are very much to me
In my life, in my heart, in my soul
You are very much to me
And I just wanted you to know

I only want to say
I want to say what I feel in my heart
That I am with you all the way
And there's no doubt in my heart
That we should not be apart

回首，远眺，去的去了，来的来着。沧波万顷江湖晚，渔唱一声天地秋。如陈丹青之于木心，能够在沧海中彼此相逢，也是晴空里迎来一只飞鸿。

读着，常常会因着几个、一行或一段青砖白墙般的文字，而骤然惊起，就像独自走在深夜下过雨的街道，对着一片汪起的雨水一跃而起。突然间，心里涌满滂沱的快乐，或恣肆的忧伤。一瞬间置身忘川，不知今夕何夕。

也许我们来到这个星球上，就是为了和这样的灵魂相遇：我们从一个奇妙的高处跌落下来，很久很久，一路上，缓缓降落，远远长过今生今世。就那样，读书的人一直在向着这样的灵魂跌落，跌落。

— 2 —

对陈丹青其人其事有过一些了解，对其人、其行、其言、其思，也有诸多不敢苟同之处。但这绝不影响对他的激赏——放下其他一切不提，他对木心的一片赤诚丹心足以令我感动，让我对他刮目相看——

二十多年前，他和众人邀请木心为他们开讲文艺的原因之一，竟然是因为那些年木心尚未售画，生活全赖稿费而陷困顿，他们是想借了听课而交付若干费用使老人约略多点收益。

五年的听课，他整整记录了五大本笔记。笔记所记，极尽忠实木心讲课的每一句话，包括木心率尔离题的大量妙语、趣谈，甚至记下了几次课间休息师生的琐语，一次散课后众人跟他在公园散步的笑谈。只要木心在讲话，他都在记。

讲课时木心的音容笑貌、神情顿挫，也时而记录在他的笔底。1989 年 1 月 15 日课程开讲那一天，木心浅色西装，笑盈盈坐在靠墙的沙发，那一年他六十二岁，鬓发尚未斑白，显得很年轻。五年后结业派对的那一天，木心如五年前开课时那样，矜矜浅笑，像个远房老亲戚，安静地坐着，那年木心六十七岁了。他发言的开头，引瓦莱里的诗，脱口而出："你终于闪耀着了么？我旅途的终点。"

他记下，不止十次木心在某句话戛然停顿，好几秒钟，呆呆看着他们那些听课的人——老人动了感情，竭力克制着，等自己平息。

他记下讲课完结后，1994 年早春，木心回到远别十二年的大陆，前后四十天。在此期间，木心独自回乌镇，那年那老人离开故乡将近五十年了。

他记下 2006 年 9 月，七十九岁的木心从美国回来的场景——他陪木心，扶他坐上机场的轮椅，走向海关。黄秋虹，泣不成声，和年逾花甲的章学林跟在后面。

他精心保存那五本听课笔记，多年来随他几度迁居藏在不同寓所的书柜里。

2011 年 12 月木心离世后的诸多个深夜，他从柜子里取出五本笔记，摆在床头边，深宵临睡，一页一页读下去，发呆，出神，失声大笑，自己哭起来。恍然中，他看见死去的木心躺在灵床上，又分明看见二十多年前大家围着木心，听他讲课。

— 3 —

为了赶在木心逝世周年之际出版这套听课记录，他在长达半年的时间里亲自整理录入，在纽约寓所的厨房，在北京东城的画室。

在逾四十万字的这套书中，他插入了自己拍下的木心寓所的所有名人画像，木心讲课提到的一些民国期间名著的书影，甚至还有一张木心少年故园的一段窗棂照片。那段小小窗棂是木心老家唯一的遗物。那是丹青 1995 年秋天，私自探访乌镇东栅财神湾孙家花园时，在废旧的窗格上掰下来带回纽约给木心的。木心珍爱有加，直到逝世，这段窗襕都放在书桌上。

他这般，懂着慰着护佑着一个孤老在异国的赤子之心……

至于出版木心的这套书，他说："迄今，我没有读过一本文学史，除了听木心闲聊。若非年轻读者的恳求，这五册笔记不知几时才会翻出来。其实，每次瞧见这叠本子，我都会想：总有一天，我要让许多人读到。

"或曰：这份笔记是否准确记录了木心的讲说？悉听尊便。或曰：木心的史说是否有错？我愿高声说：我不知道，我不在乎！或曰：木心的观点是否独断而狂妄？呜呼！这就是我葆有这份笔录的无上骄傲——我分明看着他说，他爱先秦典籍，只为诸子的文学才华；他以为今日所有伪君子身上，仍然活着孔丘；他想对他爱敬的尼采说：从哲学跑出来吧；他激赏拜伦、雪莱、海涅，却说他们其实不太会作诗；他说托尔斯泰可惜'头脑不行'，但讲到托翁坟头不设十字架，不设墓碑，忽而语音低弱了，颤声说：'伟大！'而谈及萨特的葬礼，木心脸色一正，引尼采的话：唯有戏子才能唤起群众巨大的兴奋。

"我真想知道，有谁，这样地，评说文学家。我因此很想知道，其他国家，谁曾如此这般，讲过文学史——我多么盼望各国文学家都来听听木心如何说起他们。他们不知道，这个人，不断不断与他们对话、商量、发出诘问、处处辩难，又一再一再，赞美他们，以一个中国老人的狡黠而体恤，洞悉他们的隐衷，或者，说他们的坏话。真的，这本书，不是世界文学史，而是，那么多那么多文学家，渐次围拢，照亮了那个照亮他们的人。"

人间，竟有如此懂，如此爱，如此知，如此义。

有陈丹青，木心足矣！

灵魂深处的一世人生，谁都是孤儿。纵有红颜，纵有知己，也终究是百生千劫，千劫归一彼茫茫大荒。

眺望终极处，一切的情谊和抚慰，也难消心莲池底层那厚积的万古情愁。

有时，我们会登青峰之巅，一次又一次；瞭山外之山，一回又一回。会常看晚霞寂照，星夜无眠。

那些时刻，我们望尽前世今生。时而如幻大千，时而惊鸿一瞥。会独自临高山流水，听梅花三弄；或看平沙落雁，听渔舟唱晚。彼时彼刻的我们似乎已此乐何极。可一曲终了，会再陷更深更广的悲欣交集。

远远的，在夕阳之间，在天外之天。依稀中有梅花清幽，我们和那些相通的灵魂，共听雪花无声飘落，独立春寒。彼一时，红尘中，喧嚣里，仿佛只剩下了无上清凉，无言和清澈。有红尘之外的寂静光明，默默照耀世界，冰雪人心。

环顾四下，因着一颗慈悲之心而自然生发的感动，因感动而衍生的大爱，因大爱而连绵出的理解，即便是隐而不显，我们也看得见。我们明白，慈悲、爱、懂得等诸种明媚，只是急行如风，未曾远离，也非一骑绝尘。它们一直在，一直都在。空谷绝响，始终都有人在倾听。倾听者，就在我们身边。

三更，一钩新月下，分明有叮咛，穿越木鱼声：一念净心，花开遍世界。每一个绝境后面，必定是峰回路转。哪怕在披枷戴锁、牢狱之灾的漫漫暗夜，但凭净信，矢志不移，皆会自在出乾坤。

走，沿自己的心之路；走，寂然行尽天涯，独自静默山水之间。

倾听，有晚风拂柳，有笛声在天。拄杖，踏破芒鞋，一蓑烟雨，任平生。

总有人在我们的人生里非比寻常，就像马修·连恩的那首《你对我非比寻常》中所吟唱的那样。

一起
走过　　的
日　子

56

2015 年 2 月 2 日
拍摄于罗马的清晨

日常生活中的诸多劳碌和残片，都需要用静谧的安宁来沉淀。而这静谧的安宁，最好是一个人的时候。

那天在离开铁力士雪山前往日内瓦的路上，出乎意料发现窗外正纷纷扬扬飘下一场大雪来，山川大地尽裹在白雪里，恍若童话世界，几近于醉。在温暖安稳的车内看着窗外雪花飞舞，看着一幅幅由造物主挥洒出的山川水墨画迅速流向身后，无比幸福。

而瑞士导游此时竟然随机播放起了黄江琴的二胡曲子集，其中有我最喜欢的《一起走过的日子》。

二胡曲是深受许多音乐爱好者喜爱的中国民乐，它最能展现中国音乐内在、含蓄、质朴的审美意境和情感内涵。作为当下中国实力派演奏者的黄江琴，总是以柔情万千的情怀娓娓道来，用琴弦温暖人心，扣人心扉，美到无以言表。由于长期从事专业演奏，兼任教学和研究人员，她的演奏比一般音乐家多了几分与他人心灵交流的擅长，和他人融合与共鸣的灵动。几乎顷刻间，就能让人入心入肺地浸润其中。

听着《一起走过的日子》，看着窗外纷纷扬扬的雪花，感觉似乎一生都没有经历过这样的时光，整半天整半天置身温暖中凝视大地飞雪，一任自我安然静坐，像虚空了一样，忘记所有的烦琐和辛劳，可以视通万里、目接八荒，也可以直视内心、反身而求。看着雪白的大千世界，雪白世界中一座两座的小木屋，一棵两棵落光了叶子的树，一只两只归向远处山林的飞鸟，仿佛此时漂泊的人们都有了收留。

身心一起上路的旅途，其魅力就在于，即使平常以为自己的感情、知觉、触觉已经枯萎得没有一丝绿意，也总会有某个时刻某种东西，出乎意料地拨动了我们心灵深处的弦——尽管，乾坤大命运大，还是有一些人，一些青青草木让人心生爱怜。

"康乐平生追壮观，未知席上极沧州。"参透物与我远近之真谛的米芾，有过这样的吟哦。

大千世界和人之间的亲近相融，不是等来的，也不是走过去得到的，只要保持足够的孤独和静默就行。这一刻，天地万物都会扑面而来，走到我们的面前和我们对语，对着我们轻歌曼舞，或摇滚快歌。

而人对曾经旅途的怀念，很多时候不是因为我们在那地方遇见了预先知道的存在，而是在那地方遇见了我们未曾预料的向往和渴念。

— 2 —

雪天，雪中山川，是一种天地也是一种精神，是一种存在也是一种超拔。所以有些人有些事一跟雪天沾边就仿佛有了灵魂，有了风骨。一提及雪天，就会让相关联的人和事，物和景，有了浓浓的雪的韵味，让人为之心动一次。

"欲将轻骑逐，大雪满弓刀。""孤舟蓑笠翁，独钓寒江雪。""柴门闻犬吠，风雪夜归人。""终南阴岭秀，积雪浮云端。""欲渡黄河冰塞川，将登太行雪满山。"如若没有雪的衬托，这些风干了却依然香如故的诗句，也许会逊色很多，写下这些佳句的卢纶、柳宗元、刘长卿、祖咏、李白，也许会人格魅力稍减。

每一个雪天，都会让人觉得再繁复的语言，也表达不出情意的万分之一。雪落大地，看着它飘然而至，从白天到夜晚，一点点地白了山野屋顶，远山东篱，一任河流在洁白中勾出弯弯的水墨线。浅灰色的天空下，大大小小光秃秃的枯树丫，傲立着妩媚，清瘦着丰盈。雪地里孩子们的欢笑，年少人的追逐，一如几百年前马车上的银铃那么温婉，让岁月一下子慢下来，也让这劳碌繁杂的人间丰饶可恋。

在雪天里车行路上，车内温暖如春，车外飞雪漫天。车内的暖，像是中世纪冬日贵族客厅里壁炉释放出的微醺，疏散着我们的四肢，安顿着当下。车外的漫天飞雪与洁白世界，点燃着人的灵魂，落地着梦想，藤蔓着向往。这种既现实又浪漫的状态，随着飞驰的车轮化成一种非常态的时空流转。此时会产生一种幻觉——车外每一个水墨山川的停留，是刹那，也是永远；每一个林子尽头拐弯处山林的瞬间转身，是咫尺，也是天涯。

雪天的山川呢，有一份带着凉意的幽微体香，如兰，似檀，点梦，燃梦，圆梦，醒梦，状如菩提息，婉转留余馨。

一起走过的日子，有太多与雪相关的联结。

— 3 —

"这个世纪末是一个无梦的世界。没有过去与未来，只有此刻的游戏和欢乐。""没有梦想没有意义没有魂灵的欢乐，还会是一种人的欢乐吗？"每每想起李泽厚在十几年前说过的这话，就会迅疾对自己日常生活中所谓的意义追寻泛起缕缕怀疑和质问。

但是依然会在种种劳碌和疲倦之后，一次次选择遥远的他乡上路。

当一个人在自己的一方土地上成为倦行客，踏上旅途成为一地异乡人时，因为原本毫不相关，使得我们打量周遭的目光带上了一份沉淀和超拔。这沉淀和超拔，让人轻得几乎可以浮着水面飞翔，过滤掉很多阻隔性的碎片，甚至可以纯粹到面对面影，人应人心。没有了碎片干扰的异乡人、异乡山川，都有可能在不经意间触动我们心底渴望，却一直不得、一直抵达不了的某种境界、某种状态，让我们诗意栖居片刻。

自然山川、情感人事，那些意料之外的相遇，其实都是每一个踏向异乡的旅行者逆旅生涯中具有邂逅之美的心理慰藉，让那在自己土地上已经多少有些倦行的人，在彼方世界中找到自己，自己想要的自然、情怀、灵魂。这荒漠又温润的触动，加深了旅途与生命的偶然性和邂逅感，使得之后回忆起来总是让人怅惘和怀念。

人生中没有不会别离的相遇，但总有一些相遇像是久别重逢等在前方未知的地方，给人留下一个个欢愉的念想，温润彼此别后的日子，让人总是渴望上路，为一次次开始的启程在平凡日子里坚韧奋斗，用心血和汗水一点点准备出发的辎重，用自珍自爱一天天准备出发必需的健康身体和胸襟。于是，岁月和流年就有了那么一点意义。

也许人生的所有作为，就是在无意义中寻找意义，在绝望中寻找希望，在悲怆中击缶而歌，然后就有了那么一些和亲人、友人、爱人，和大千世界"一起走过的日子"。

冬日迟迟

2015 年 2 月 2 日
拍摄于罗马的清晨

一打开乐曲，《冬阳》随着钢琴和风琴声的响起，立即就有满天满地的温暖扑进来：

冬日灿烂的阳光下，波光粼粼的湖面上，小鱼儿在跳跃。

湖水轻柔地依偎着沙滩，舒服而熨帖。

渔网晾晒在一株高大的枯树上，悠闲而疏散。

不远处的院子里，竹筛里晾晒着玉米、高粱、梅干菜。蓝色布衣的老婆婆，坐在小竹凳上眯缝着眼睛慢慢地穿针引线，时而和竹椅上躺着的老头有一搭没一搭地说话。她的脚边，一左一右趴着正打盹儿的小花猫和小黑狗。

冬阳，就像人类漫长旅途中一个永恒的驿站，带给人爱的温馨和琐碎的温暖，让每个人在疲惫不堪的时候休憩身心，滋养生命的根须，然后走向下一站。

乐曲中，随着大提琴的出现，冬日阳光渗进了一种辽远的苍凉，就像远古时期的大荒之境再现。那是《山海经·大荒西经》中的"大荒"，也是古希腊神话中苏美尔和巴比伦河边的恐怖森林，艰险、神奇、荒蛮。

无始无终的时光隧道尽头，是无尽的沙漠，无边的苦难，是人类心灵无涯的孤寂与落寞。它们虽在远处，但依稀可辨。和人类的步履相始终，不离不弃，如影随形。

钢琴、大提琴、小提琴、风琴，和谐地交织着，融汇了风生水起与伤感忧郁，深沉悠远与悱恻缠绵，厚重苍凉与细腻如丝。

— 3 —

　　林海以他天才般的灵动和悟性，把他生命深处那种天生的忧郁，天生的落寞，天生的落拓不羁，天生的遗世独立，都浸染在他的音符里。有评价说他"有着肖邦的气质，以及德布西的慵懒与优雅"；"具有 George Winston 亲和而强烈的旋律性及 Keith Jarrett 丰富而充满想象的思考性"。

　　当矣！

　　在跳跃的音符中，有冬阳的温暖，也有西风的萧瑟；有落叶归根的安详，也有光秃秃树枝直指天空的倔强；有大雪纷飞之日小屋内炉火冉冉的柔光，也有一望无际裸露大地的沧桑。就像人生的种种际遇与境况。

　　在这个冬日迟迟的下午，听《冬阳》，有一种渗透血液的温润。

世间欢乐
与　悲哀

58

2014 年 5 月 5 日
拍摄于美国尼亚加拉瀑布

— 1 —

昨天中午收到一好友微信，前天夜晚（2017 年 8 月 8 日 21 时
19 分）九寨沟发生地震时，他们单位十几个同事就在"九寨千古情，
丽江千古情"晚会现场，大家是一起来休年假的。那时晚会现场有几
千人。他说：就像神差鬼使一般，地震发生那一刻，舞台上恰巧正
演出"5·12"汶川地震的剧目。当时房子突然摇晃的瞬间，大家还
以为是舞台设计效果所致。等到巨大声响从空中炸起，众人才反应过
来，迅速涌向各个出口。

尽管他们同行的整团成员皆安然无恙，但还是让他有巨大的劫后
余生的惊惧和震撼。

他说，他们一夜未眠，在一个清冷的小广场惊魂未定熬到天亮。
接近黎明时分，四周一片安宁，冷得像深秋，大多数人因惊吓疲惫至
极睡着了，他却始终清醒着，一边循环听着 MP3 里窦唯的《春去春
来》，一边想着生死，想着诀别，想着家人、亲人，想一切可想的人，
一切可想的事。好像把全世界的事和一辈子的人都想了个遍，同时下
决心回家后，放下所有的所谓恩恩怨怨、磕磕绊绊，珍惜余生的每一
天、每个人。

— 2 —

人很奇怪，每当生死存亡关头或者寂静无人处，都会想起很多
人，想起和那些人曾经在一起的日子。那些曾经的宽慰，细心叮咛，
点滴温馨，深情许愿。想起这些，笑就会在眼角漾出来。

很多时候，幸福就是在漫漫长夜或踟蹰困境时，双手交叉抱起自

己的肩，禁不住想很多人给过的温暖。

这个世上极少有人能始终不离不弃陪伴在身旁，聚聚散散注定是人生常态。不管怎样热切地相对过，总会慢慢疏远，慢慢淡薄，变得似乎可有可无、不冷不热。只有当灾难当前，一瞬间把人从琐碎繁杂的现状打回原形时才知道，无限好的，都安在无限好的所在，只要曾经真的携手走过，谁都不会走远，只需要那么一瞬，那些人就会振衣持钵而至，站在你对面，以无声的语言说："我在。"

— 3 —

最爱窦唯《春去春来》的曲、词、调，尤其是那歌词：

啊　花开伴着月　转眼间
隐隐约约听见　你的脸
阵阵吹过这风
啊　所有我的视线
伴我到无限　很遥远
缘分在梦中　终有一天
我在这里等候　今朝明日从前
穿越时空　万物万事无踪
传说中的爱　总是那么朦胧
春去春来春不败
世间欢乐与悲哀

窦唯的声音，在这首歌里实现了他最大限度的柔韧，萦绕，空灵，仿佛是霓为衣兮风为马，云之君兮纷纷而来下。一曲下来，让人想起电影中，印第安人送神归去的绵邈轻叹，或者西南边陲少数民族，祭祀亡灵时的深情呼唤。脑海中，有千里静波或无边旷野，浮空万顷，断霞明灭。

他唱得最动情处，是"花开伴着月，转眼间，隐隐约约听见，你的脸……"。云影天光，山水清音，草色，烟光，残照，皆因有人在。

在"穿越时空，万物万事无踪"那一句，窦唯轻飘的高音与和声，让人想流泪，想跟随歌声绝尘而去。

就像独自置身千里冰封万里雪飘，忽然看到东溪腾起一只白雁，皎洁到令人心中一颤：纵然天高地阔，寂寞世间，去者已去，前尘已远，终有什么人静静在。那是一种苦苦追寻不得之后，依然上穷碧落下黄泉的不舍。

此时的窦唯，有点魔，有点幻，有点仙，是凉月纷纷，也是丁香一院，也是深秋时节，萧索荒城。

《春去春来》，就是不知谁家游侠子，因着那故人不可见，不可遇，不可留，不可去，而茕茕孑立，寂寞沙洲。

— 4 —

许戈辉曾经有过一个对窦唯的访谈。看了那视频，越发懂得窦唯的悲观和了悟太深太透。"今天看起来一切都很好，但后面随时是更大的灾祸。"当时他说这句话的时候，就像已经到了另一个世界。

永远记得黑豹时期的窦唯，着黑衣，年尚少，桀骜锐利，横空出世，英气才气皆咄咄逼人。

那时候的摇滚表演，只要有他在，不管是舞台上、酒吧里、录音棚下，也无论是独唱、主唱，还是合唱，还是奏乐，他都是无可争议的核心——

怀抱着吉他也好，手握话筒也罢，或者只是低头吹笛，站在那里的他，皆像是飘然白色宽幅丝绸或亚麻布上，巧缀着的一粒大大黑色木质纽扣，又像是宽宽深灰薄呢子披肩上，配着的一粒硕大白玉吊坠，就那么无须言表地凸显着、乌亮着。

窦唯之于黑豹，是灵魂。曾经设想过 N 多次：如果当年窦唯不离开黑豹，黑豹会怎样？会走到一个未可知的高度。

很清晰的后来情况是，自从窦唯离开之后，黑豹无可阻挡地朝下坡方向滑。犹如自由落体，向下，向下，最终落进草丛里。

在摇滚领域，那之后的黑豹，在还是在的，但仅仅是在了，亮光却一路黯淡下去。就像挥别胡兰成之后的张爱玲，以一种"还在"的方式，萎谢着，萎谢了。

但此后，蹊径独步的窦唯虽几经辗转，走的却是中国音乐人不曾走过的路——他把摇滚从一种音乐形态，化作一种人生态度和哲学，融入自己对天地万物人生的感悟与思索，对接与共在。

"人生只有两种选择，要么庸俗，要么孤独。"叔本华的这句话真是一句永在的谶语。当世事浮华，沉沦到一切只为金钱虚名，音乐已不可为之际，还有窦唯这样的音乐人，收拾行囊，避居陋室，遨游于天地灵魂间，寄情于音符字句，于无声处奏出自己心灵的最强音，在都市中出世，安身立命。

只因为窦唯们明白，艺术之途本是一条僻路，思索者、力行者多孤独，唯有拳拳一心，不倦上下求之。浸淫日久，会明白艺术是修为，是悟道，是启示，是奉献，并不求回报。或者说，回报只是发自内心的喜悦。

人间冷暖万端，莫不肇因于情。用情独切者，苦痛独深。

当对世界有一番温馨又凄然的体验后，方知冷暖岁月，千帆过尽，还有婆娑灯影和圆满欢喜。而只有那在断崖、落照中，反观宇宙、人世和自我的人，才能在悲己悲天中，不断突破自我，超越当下，哲思入境，抗拒孤独也超越孤独，从而机趣横生，滋味无穷。

至于音乐、文字、绘画等各种艺术，不过是那写字挥笔的人，在其中埋藏忧愁，栖息自我。

欣赏者，如果不期而遇了其中的一渔一樵、一箫一鹤，也不过是在某一时某一刻的机缘下，走到草色凝碧里，悟得每一条路都可能指向最初。而这世上的自己，不只是一个，还有另外的自己在。此时，梦里，铁树开花了。

而后，就有人从陌上缓缓归，淡水墨，轻吟唱，安营扎寨在自己的天地里。就像一只黑天鹅静卧在湖的一角，不动，像是怕惊扰了湖的清梦。手里的牧笛，也横挂腰间，只留着吹给草地上的水牛和牧童听。

待到十二月老时，就把自己消隐到雪地里，撒着来年二月的种子，等着枯而复青的草，听窦唯那样的声音在唱：

穿越时空　万物万事无踪
传说中的爱　总是那么朦胧
春去春来春不败
世间欢乐与悲哀

夜
如⬜⬜何其？　　　　　　５９
夜⬜未央

2015 年 2 月 1 日
拍摄于从罗马前往佛罗伦萨的路上

写一个稿子，全身心投入。一整天后的此刻，已经初定雏形。

时间，正是深夜 2 点 20 分。

窗外，细雨阑珊。

滴滴答答的雨珠，落在窗下植物叶片上的声音，落在细密草地上的声音，与落在树木枝干上的声音，各不相同，相差细微却十分分明。偶尔有一阵风吹过，轻轻地，裹着雨，慢慢奔向远方。

戴上耳机，打开最适合深夜静听的《布列瑟农》(*Bressanone*)：

Here I stand in Bressanone

With the stars up in the sky

Are they shinning over the Brenner

And upon the other side

You would be a sweet surrender

I must go the other way

And my train will carry me onward

Though my heart will surely stay

Wo,my heart will surely stay

Now the clouds are flying by me

And the moon is on the rise

I have left the stars behind me

They were diamonds in your skies

......

每次听这首歌，都有想流泪的感觉。那还是一种有温润的海水漫过脚下、漫过身体、漫过心灵的心愉与迷醉。能够在万籁俱寂之时，独自浸润在这洋溢人生况味的歌曲里，体会什么是人类的追忆，什么是群体的怀想，什么是难以割舍，什么是爱的伤悲，实在是一种令人迷醉的慰藉和滋养。

— 2 —

在我的感悟里，《布列瑟农》是由序幕、发展、高潮、尾声四个小节组成的一曲悲情之歌。

序幕——

乐曲伊始，是一阵教堂的钟声在布列瑟农那无边无际的旷原上响起，雾霭漫漫，深沉绵邈。

这钟声，恍若一个玛雅预言，又像一个神秘的谶语。它在暗示狼群所面临的要么在此死亡、要么逃往他方的永恒困境，也在预示狼群将永别于斯的宿命。

这钟声彰显的，岂止是狼群的宿命？也是这个天地之间万物的宿命，更是人类的宿命。

听着的这个当儿，忽然明白了，为何自己几十年来一直安居，却始终感觉此生若寄——只因为，人生本来如寄。

教堂的晚钟，在某个未知、却必然会到来的时候，会为每一个生命而鸣。

发展——

钟声过后，曲子继之而起的，是丰盈华丽的钢琴。它以有力而执着的弹奏，为人们拉开了狼群这场凄绝离别的痛苦序幕。

这首曲子有着独特的创作背景：1992 年，加拿大育空地方政府施行了一项名为"驯鹿增量"的计划，以扑杀狼群的方式，让原本因人类过度猎捕而数量锐减的驯鹿能够迅速繁殖。布列瑟农，是那里一个安静的村庄。一向热爱自然、向往自由的马修·连恩，对这种原本属于人的罪过所致，却怪罪到狼的行为产生了痛苦的思考。他率领三十位音乐工作者，亲临布列瑟农广阔的原野，在整整两年的时光里，用一颗悲天悯人的心灵和他挚爱的音乐，记录了狼群被人们大量屠杀的悲剧故事，成为专辑《狼》，《布列瑟农》就在其中。

　　此时的钢琴，让布列瑟农的旷原，在序幕教堂钟声的沉重之上，增加了几分悠扬和空灵。

　　这空灵，源自狼群对让它们生于斯、长于斯、却不得不永别于斯的这块土地的深情留恋，对死去的曾经相濡以沫的同伴的依依不舍，对无可奈何将离去的痛苦与无助。

　　故园之思、伴侣之恋、血脉之连等各类情怀凝聚成的深爱，会让狼群，让每一个生命熠熠生辉、华美多姿。

　　人性中最富丽堂皇的，就是爱。只因有爱，这个世界历尽磨难和风霜，却一直没有冻僵。

　　高潮——

　　在钢琴的铺垫之后，有鼓击钹合插入，形成一个小小的顿挫，像是乐曲的一个顿号。顿号一过，马修·连恩以他那独有的深沉缓慢的磁性嗓音走进来了。

　　这是一种怎样的男中音，带着苍茫，带着苍凉，带着哀伤，带着忧愁，更带着男人的勇敢和执着，以深情如海，也顿挫如山的歌声，长歌当哭、远望当归一般诉说在布列瑟农发生的故事——一群孤独的布列瑟农狼，在茫茫的夜色中，正在诀别因人类杀戮而死去的同伴。

它们即将远离这片故土，从此之后，这一望无际的原野，这满天的星辰，再也不属于它们。但是，它们的心将永远留在这里。看着身边白云浮掠，想着每一天的日落月升，它们祈祷那满天星辰能够点亮死去同伴的天空……

伴着这凄美歌声的，是如泣如诉的小号，交织着悲伤穿越的长笛，如怨如慕的德西马琴，更兼婉约悠扬的苏格兰长笛，混合着几声悲凉伤感的萨克斯，直抵人的心扉，叩击人的灵魂。

哀伤，怅惘，凄迷，浪漫，所有引人伤情的至深至情至美，都在这高潮处奔涌出来。

尾声——

接下来是重音部分。钢琴与鼓点相融，长笛与萨克斯合一，演绎出一个布列瑟农原野夜空的景象：一列火车静静停靠在站台，而后是，隆隆驶去，向着远方，渐行渐远，渐行渐远。

伴着马修·连恩大漠落日般的悲凉歌唱，一幅荒凉至极、哀怨至极、迷茫至极的境界展现在人们眼前：

哀怨迷茫的夜色里，是一群对故土、故友难舍难分的狼。它们一边奔突向前，一边频频回首。心在流血，喉在哀号。但是，它们不会向命运屈服，在舔干流血的伤口之后，它们将带着同伴的灵魂浪迹天涯，再闯天下。

此时此刻，加入了钢琴、法国号和吉他的声音。

音乐意象之下，暗示的是人类对狼群只想存活于此处要求的最后拒绝，是狼群明白真相之后的毅然离去。转身处，是它们与生俱来的倔强和傲气。

也许这正是大自然和各种生命能越过漫漫长夜，得以生生不息的根本所在——必要时，需要背水一战，需要义无反顾，需要置之死地而后生。

人类不也是如此吗，我们就是要在无意义中寻找意义，在绝望中寻找希望，在逆境中击缶而歌。

曲终处，是古典乐、轻爵士、披头士（Beatles）、凯尔特民谣一起悄然登场。

深秋古原，泉水淙淙，草虫鸣叫。明亮的星空下，狼群再一次回望故园，作最后的深情回眸。随即，音乐骤停，无边大地，万籁无声。

— 3 —

每一个洪荒过后，必然会草长莺飞；每一个震荡之后，必然是一片寂静。初始时，是一生万物；归结处，是万物归一。大自然，就是这般不断循环、周而复始。

从这个意义上，《布列瑟农》不只是一首最富凄美浪漫情怀的悲情曲，更是一首人类的精神寓言，一部生命的心灵史诗。

看一下时间，已近夜半 3 点。

夜如何其？夜未央。

早　　春，
一方
碧色　　池塘

60

2010 年 6 月 1 日
拍摄于芬兰

听丹·吉普森（Dan Gibson）的大提琴曲《微凉森林雨》（*Cool Forest Rain*），就会想象自己正躺在树林里的小木屋里，后背垫着软软的靠垫，看着窗外面清亮的绿，一寸寸地听雨声，又愉快又难过。

音乐，是超越世界上任何一种语言的语言。歌者、乐者可以凭此和任何一个人对话，向任何一个人深情呼唤。其无限丰富之境，仅次于沉默。每一支曲子、每一首歌，作者与激赏者之间的相通与默契，就是天地人神之间最直接也最即刻的联系，休戚相关，患难与共，执子之手，与子同袍。

我想我不会因年龄渐长而不再想音乐，却会因不再想音乐而衰老，而委顿如泥，苍白黯淡，直至一片荒凉。

在音乐中总能看到所有林荫道的拐弯处，都有一个小小教堂，尖顶，红白相间。而我，正向那里走，脚步缓慢。

音乐给我一个无形的空间，让我一次次探底，也一次次触摸天上的星空，抵达自己的灵魂所能抵达的极限与深度，走到天外之天，登上山外之山。

它能唤起那些潜藏在我心河深处的说不出的存在，无以言表的意义，以及无法倾诉给任何一个人的情绪。

音乐里有我的脉搏，我的心跳，我的呼吸，我生命的节奏，也有我所有的欢乐、悲伤和孤独，我的握手言和。它让我在灵魂深处礼赞希望、信任、决心、愿望、生命力、热情与光明。音乐所在的地方，就是心所在的地方。当我用文字感受音乐的时候，它不是一种声音，它是我心舞蹈的姿势。

每次从音乐中走出来，我都会感觉像是刚经历了一场深秋雨。雨后的落叶小道上，像是有谁刚刚去世了。

— 3 —

在沉湎于音乐时，我常常会想象上帝派音乐家来当他的信使，传递着天地人神情怀的鸡毛信。

而音符是上帝之手撒下的蒲公英，抚慰几近荒凉的心之大地，在那里撒下爱的种子，然后江汉以濯之，秋阳以暴之，皜皜乎不可尚已。

而最让我着迷的那些歌，那些歌手，那些演奏者，我永远不清楚他们到底是一个现状还是一个梦想，音乐里的一切犹如庄生梦蝶一般。但很明了的是，我前方路上的霜花在初阳中一点点融化，路，渐行渐清晰。

任何情怀一进入音乐，就有了王者之象。这王者在自我流放，有几分放荡不羁，几分情深似海，几分视死如归。

— 4 —

有时听音乐是极其随意的，周末在家里擦地板的时候，着纯棉衣裙迎着斜阳去和某个好友相会的时候，在冬日暖阳里的木椅上读闲书的时候，在风中一任劲风吹长发等公交车的时候。无不如晴秋午后，在树林里随意走，不一定要快乐，就那样听，那样走。

只要有音符划过，我就能感觉到生命的转瞬即逝，而时光又在瞬间永恒。每一个音符所凝聚成的旋律，就像一张羊皮书，领着我走进灵魂的秘境，在那里领略万古人类情感、情怀、情操。

歌者、乐者的魅力，不是因为技巧，而是因为激情。歌声、歌词，最能暴露歌者、作者、听者最绵密的心事，泄露其最隐蔽的情绪，击打其最激昂的战鼓，折射其最柔韧的毅力。

如果没有音乐，人的生命也许就是一个错误。没有音乐，我该如何知晓什么是安静和静穆？什么是无我之在？

— 5 —

想来真是神奇——几根琴弦，一排键盘，一截竹管，一段铜片、铁片弯成几圈的东西，从它出来的声音，就能在瞬间把人的灵魂从沉睡浑浊的身体里钩出来，让人想闻声起舞、和弦挥剑。

它让我迷恋善意、善良、慈爱、慈悲、温和、慈祥，迷恋心地纯洁、纯真温厚。迷恋不可言传的美，那种干干净净、清清白白，精细和至微。它总让我在想象中渗透一种内在的欣喜和满足。

在我打开耳麦全神贯注倾听音乐的每一个深夜，全世界都隐遁了，所有的过去和未来都消失了，只有神在，我在。我们并肩而立，默然陪伴，骑着白马下地狱，秉着红烛入天堂。

彼时正是早春，一方深碧色池塘，粼粼在森林里。

后记 __

理查德·胡克说："音乐是唯一的宇宙通用的语言。"

常常在如水一般的音乐中静思默想：在人类的精神生活中，人们为何一直对音乐有无可言说的迷恋？那些古典名曲、乡村经典、校园情歌、浪漫摇滚，为何总是让人驻足流连、痴迷忘返？

大千世界的芸芸众生，尽管有着民族、风俗、文化、男女、老幼、衣食、住行的巨大差异，却共同拥有着许多精神层面的东西——激情、灵性、想象、爱恋、悲哀、欢乐、苦恼、希望，以及个人的命运、际遇、苦难和追求。对此，音乐总是能够以其超语言的方式触摸到，像风吹涟漪般唤出人灵魂中最真的部分。

因此，每一次的音乐沉浸，都让我静思、凝神、明觉，给我温柔、安慰与寄托，也让我感受天意、仁德和化境。那种心灵的温润安适之感，就像回到久违的故乡，建一所房子，面朝大海，春暖花开。

没有什么比音乐更能穿越心灵的旷野，就像阳光穿透水晶一般。那些通向灵魂的最幽深部分，都会被音乐的光芒照得通亮。在那里，音乐幻化成一种慈爱的语言，抚慰人心。正如柴可夫斯基描述的那样："音乐是上天给人类最伟大的礼物，只有音乐能够说明安静和静穆。"

有些音乐，是灵魂碎裂而成，珠玉满地，让我们拾在手心，颗颗心酸；而另一些音乐，则是肝胆化雨倾泻，落入人的心井，滴滴润魂。音乐是声音的艺术，时间的艺术，表现的艺术，再创造的艺术。谈音乐欣赏，重要的不在于传授音乐知识，而在于激励、唤醒、鼓舞一颗颗混沌的心，在欣赏与领悟中感受人类的繁复的情怀。

音乐的存在，让我一直坚信，这世上有一方净土，安放人的灵魂，过滤烟火杂尘，温润有来无回的人生苦旅。那些按作者、歌者独特的气场，以奇妙方式排列组合起来的歌词和旋律，让人感受着茫茫宇宙中，人类是怎样缤纷地存在着；芸芸众生的心灵，又是怎样花开云落着。尽管人与人心灵相遇的概率很小很小，但还是有音乐这样的艺术，搭建起了一个个通道，让热爱音乐的人，走向一个又一个灵魂。

真正的音乐欣赏，是听者、作者、歌者之间的灵魂交流，如涉足沧浪之水，荡涤灵魂。音乐是无形的花朵，铺在人生的路上，散发芬芳，不断给人鼓舞和力量。

本书以音乐随笔的形式，将六十首耳熟能详的中外流行歌曲从不同角度切入，加以独到的赏析，融合音乐学、文学、哲学、心理学等学科的知识，并以个人的实际感受和经历体会为基础撰成文章。本书的出版，期待能够帮助普通读者深入理解所赏析的歌曲，也能在一定程度上弥补专业音乐工作者的赏析局限，让读者跟随优美的文字得到美的享受，从而与赏析的歌曲形成和谐的心灵对话。